里山太平記

川猿が遊び尽くしたクヌギ林の5000日

面白うて
やがて悲しき……
黄金の日々

阿部正人
版画 渡辺トモコ

目次

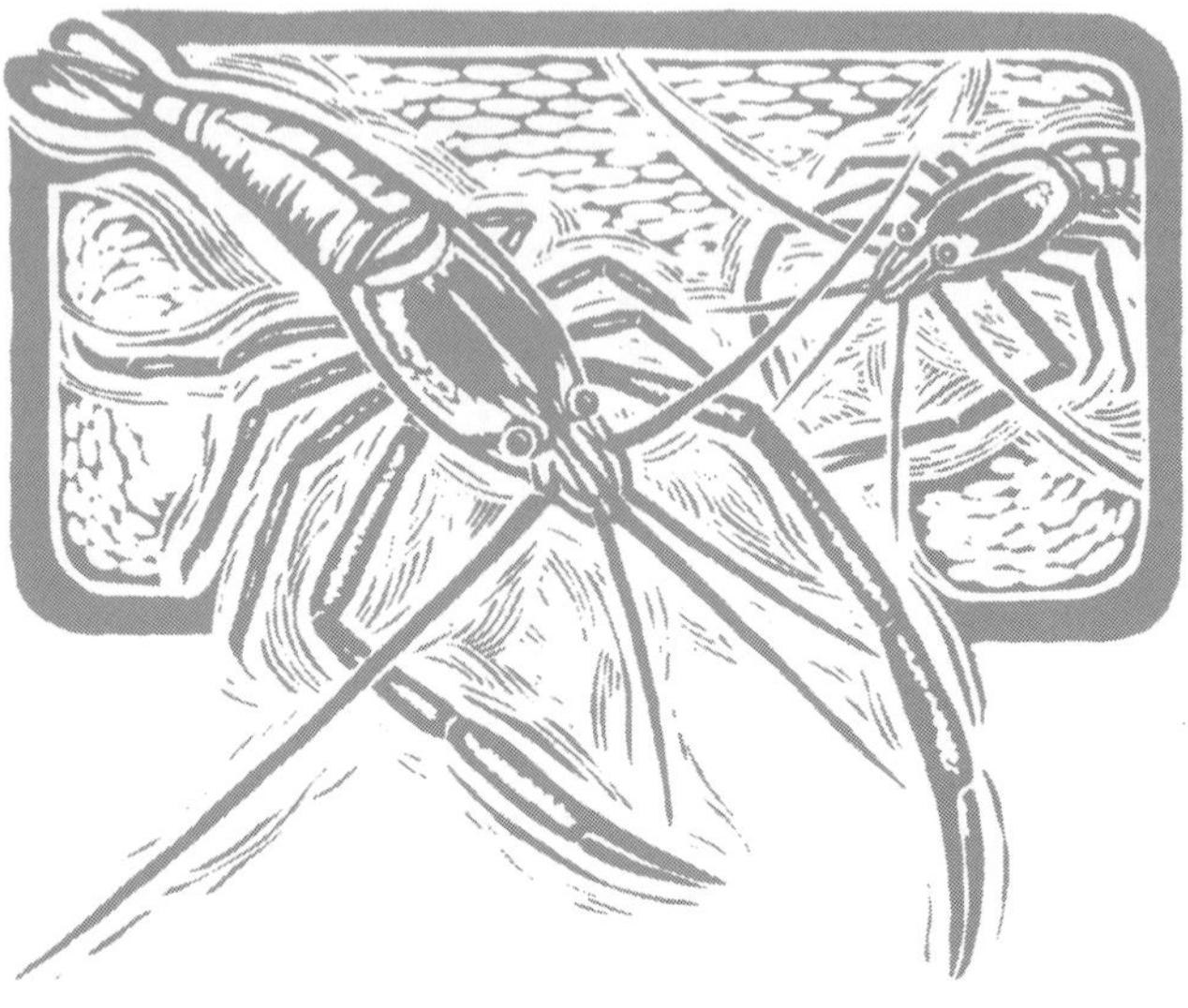

★本書は月刊誌『BE-PAL』（小学館）の1997年4月号〜1998年10月号に連載したものに改訂・加筆しました。なお、本書と雑誌の掲載順は一致していません。

主な登場人物

ボク 小学3年の秋に「集落」すぐ上の新興住宅地に引っ越してきた。生来の野遊び好きがさらに活発化する。

辰夫《たつお》 集落唯一の商店の次男。ボクのひとつ下。魚の手摑み、釣りが上手。山菜採り、キノコ狩りも得意なのは、名人と呼ばれる父親ゆずり。

洋一《よういち》 辰夫の兄。ボクと同じ学年。おとなしく利口で控えめなのは、野生児そのものな父親と弟の制動役である長男の自覚らしい。

久和《ひさかず》 ひとつ下で、ボクと同じ市街地からの転入組。野遊びのトレンドに目ざとく速攻で開始するが、痛い目に遭うことが多い。

泰成《やすなり》 神社の神主の息子でひとつ上。地鎮の木に登って天狗の真似をするなど、人を驚かせるのが好きなオオカミ少年。物知りで、勉強はよくできる。

高田《たかだ》 川遊びでよく目にしたが、会話はほとんどすることのなかったひとつ上。九死に一生を得るほどの鉄砲水を体験したときの証人。

喜明《よしあき》 鮮魚や肉を行商する父親の軽トラに時々乗ってくる他校区の同じ学年。いわゆる街の子だが、人懐こく「集落」ではとても愛されている。

里山太平記

川猿が遊び尽くした
クヌギ林の5000日

時代は1970年代。白山《はくさん》連峰を遠く望む地方都市の郊外に、物語の舞台があった。「なんにもないところ」と大人たちは口癖のようにいったが、宅地化ブームが押し寄せる前の里山には、子供たちを興奮させるものがいくらでもあった——。

遠く、うす青く見える連峰から流れる水が、僅《わず》かな平野を蛇行していた。まだ扇状地が始まったばかりの地形で、水田はゆるやかな河岸段丘に沿って山の麓まで続いている。その傾斜地に、外郭を屋敷林で囲まれた故郷の集落があった。

戸数34戸、住民280余名、目抜きの県道沿いには役場の出張所と農協の支所、駐在所、郵便局、よろず屋。市街地からは一日8本のバスが通う。バス停の脇には苔むした石碑がふたつ、郷里の数少ない歴史を刻んでいた。『良質の早場米《はやばまい》を産出したことで、顔役が藩政から名字帯刀《みょうじたいとう》を許されていた』こと。『村から出征した若者が八紘一宇《はっこういちう》の働きで大陸の御霊《みたま》になった』こと。

ただ、停留所の小屋の壁には「アースの由美かおる」が4枚貼ってあり、誰もがそっちに目を奪われていたようだ。そのバス停の脇につけられた道を昇ってゆき、大きな旧家が持っていた土地から分譲された区画に我が家はあった。いわばボクは、市街地から親が家を建てて移り住んだ〝新町の子〟ではあったけれど、子供は土地に馴染《なじ》むことに時間はかからなかった。

母は家に客が来るたびに、十年一日《いちじつ》のごとく、同じ挨拶をした。

「こんな、なーんもない遠い所《とこ》までようこそお越しくださいました」

しかし、ボクら子供たちにとって、ここは決して〝なーんもない〟退屈な土地ではなかった。

ドウガネ空中戦始末記

里山の昆虫にはランキングがあった。クワガタ、カブトが1位、2位。以下大型カミキリムシやトノサマバッタが上位に顔を出す。そのなかでドウガネブイブイなど、数の多さと風格のなさで、ランク外的存在のはずだった。

小学校への道筋に、藤堂《とうどう》の家があった。集落では屈指の土地持ちで、黒瓦《くろがわら》の大きな母屋と白壁の蔵。納屋まで立派だった。ドウダンツツジに囲まれた広い庭には姫林檎《ひめりんご》とザクロ、イチジクの木があり、下校途中のボクらの舌を大いに楽しませた場所だ。

2学期が始まり、1週間ほど経《た》った日のことだ。定点観測を続けていたイチジクに、異変が起きた。実が突然パックリと開き、黒い虫がたかっていたのだ。

「熊ん蜂かいや?」

いつも一緒にいた辰夫《たつお》が、あわてて畑から竹を引き抜いてくる。実のまわりを掻《か》き回すと、足元に黒い虫は転がり落ちてきた。

「なんや、カナブンか」

「いや、ドウガネブイブイやろ」とボク。

季節外れの珍客に拍子抜けして顔を見合わせる。べつにこの虫の色が、黒、青、銅色かはどうでもいいことだった。それより、このやたら威勢のいい虫とイチジクをかけて勝負することのほうが問題だ。カブトとクワガタしか眼中になかった当時、カナブンやコガネの類《たぐい》は歯牙《しが》にもかけない圧倒的多数のゲストのひとりだった。フナ釣りのメリケン粉にたかるモロコのようなものである。それに、8月31日を過ぎたいま、甲虫

類を捕まえる気持ちは失せていた。

だから翌日。夢中でドウガネを捕る喜明《よしあき》を、ボクらは不審に思って取り囲んだのだ。彼の父は「農協」の前に軽トラを停めて、鮮魚や肉を売っている。時々その助手席に乗ってやって来る〝違う小学校の奴〟だった。

「お前、そんなモン捕って、ナニすんがや？」

他校区のボクらに問い詰められ、彼は観念したのか、照れ笑いした。ポケットから綿の糸巻きを取り出した。

「こいつで凧《たこ》上《あ》げするがや。ま、見とけや」

彼はそういうと、イヤイヤをする虫の後ろ脚に糸を結びつけ、ポーンと空中に放り上げる。ドウガネはビィーンという羽音を響かせながら、糸をつけたまま、大きな円を描くように空へ上がっていった。スルスルと糸を送り出していく喜明。

「ヤンマでやるとかわいそうやろ？　これが、いいげ。カミキリでやっても面白いけど、いまはおらん」

枝につかまろうとするドウガネを糸を引いて離し、さらに高く上げる。やがて、ゆっくり、ゆっくりと糸を巻き取りながら、手前に寄せたところで、ピッと引っぱって虫をキャッチした。

「な、面白いやろ？」

「お前、*ダラか。やっぱ街の奴らはわからんわ」

一応、その場は毒づいたボクら。しかし喜明と別れたあと、一目散《いちもくさん》に家へ帰り、母の裁縫箱をひっくり返した。

街の奴であり〝違う小学校の奴〟喜明の遊びは、ドウガネの類稀《たぐいまれ》な反射神経に目をつけたものだ。たとえばカブトやクワガタでコレをやると、ポトリ地面に落ちるだけだ。ドウガネは空中へ放り出されてもリカバリーが早く、硬い上羽を即座《クイック》にオープンさせる運動性能がある。ただし、発進にはコツがあり、糸を1・5mほどたるませ、フワっと空中に持っていく。強く上げ過ぎると糸がピーンと張り、虫はショックで落ちてしまう。あくまでフワっと1mほど上げるのだ。

飛行態勢に入ってからは、つねに糸にテンションをかけ、ソロリ、ソロリと糸を送り出す。ただ、テンションをかけ過ぎると、束縛を感じて高く飛んでくれない。かといって糸の出し過ぎはもっとよくなかった。ドウガネが不意に曲がろうとしたとき、操作不能になるからだ。その舵《かじ》とりも、しゃくるのではなく、糸をほんの握りしめるぐらいの手首の動き。寒バヤ釣りの*聞きアワセのような、微妙な操作性に、ボクはのめり込んだ。

「お前ら、ダラか!!」

それを見ていた集落の上級生たち。しかし、彼らもクルッとUターンすると、家

＊ダラ
金沢の方言で、「バカ」や「アホ」の意味。アホンダラを短略させて定着したものか。

＊聞きアワセ
針につけたエサをゆっくり動かして魚がくわえているかを確認しつつ、動かすことでエサを食べるように誘う動作。

面白うて
やがて悲しき
空中戦

から綿糸を持ち出してきた。

残暑が長く続いたこの年。異常発生したドウガネは、カブトムシとトノサマバッタのはざかい期の〝隙間《すきま》商品〟として、一躍スターダムにのし上がった。学校のみんな、といっても一学年40人足らず。この虫の爪上げが知れ渡るのに2日はかからなかった。採集場所も藤堂家からほかの家のイチジクに移り、田んぼ脇の桑の木まで触手が伸びた。鈍いキツネ色を放つドウガネの飛翔《ひしょう》力《りょく》は、アオカナブン、クロカナブンより勝っていることもわかる。より高く、正確なコントロールを競い合うようにもなった。

誰かが自分の虫に〝ゼロ戦〟と名づけると、またたく間に隼《はやぶさ》、紫電改《しでんかい》、雷電《らいでん》と続き、戦闘機の名前をとられてしまった。後手にまわったボクは仕方なく、北陸本線の列車の名前に甘んじた。

〝雷鳥《らいちょう》〟。

これにも真似《まね》っ子が連続し、しらさぎ、白鳥、はくたか……さらには、かもめ、とき、ひばり、おおとりなど他線区スターまで登場した。C級昆虫が戦闘機や特急列車になったのだ。名前をつけたことで愛着も湧《わ》き、ドウガネのあちこち見回しながら歩くしぐさが可愛く思えるようになった。左手に、割いて開いたイチジクの実に〝雷鳥〟を止まらせ、右手は糸巻きを持って歩く。まるで教科書に出てきた＊椋《むく》鳩十《はとじゅう》の描く鷹匠の気分である。

〝雷鳥〟は1号から8号まであり、ローテーションを組んで交代していく。後ろ脚への糸の結び方は、交代をスムーズにするため、釣り竿の穂先同様の「＊ちちわ結び」を導入。食事と休憩をとったドウガネが、再びピンピンと空へ上昇していった。

やがて、一級上の直治《なおはる》が「絹糸」を持ち出してきたことから、飛行の高さへのこだわりは、ますますエスカレートの一途を辿《たど》ることになる。

「糸をつけとらんみたいやぞ」

直治の言葉にウソはなかった。綿糸に比べ、細く、軽い〝手綱《たづな》〟は、ドウガネの上昇速度から違っていた。横風の影響も受けにくく、より緻密《ちみつ》な操作もできるような気がした。それまで、大屋根の軒付近で旋回していたドウガネが、一気に電柱のいちばん上の送電線を越えるようになったのだ。絹糸のない家の者は、直治が盗んできた、和裁の内職をする彼の母親の商売道具を、10m5円で買った。ごま粒のように高く上がったドウガネの行方《ゆくえ》を見つめるうえで、鮮やかな色のついた絹はありがたかった。

ところが、絹糸にしてから大きなトラブルが頻発《ひんぱつ》した。ドウガネがあまりにも高くまで上がり過ぎるのだ。突風や急激な方向転換に、動作が伝わらず、大屋根の雨

＊椋鳩十
本名 久保田彦穂（くぼたひこほ）。動物と人間の絆（きずな）と葛藤を描けば右に出る者はいない児童文学作家。猫が好き。記念館があるため、鹿児島県人と思われているが、長野県伊那谷（いなだに）生まれ。

＊ちちわ結び
釣り用語。1本の糸を8の字に結ぶことで作った輪を使う接続の方法。これひとつ覚えておけば釣りのいろいろな結びの場面に応用できる。

どいや木のてっぺん付近の枝に引っ掛かる。最悪のケースは電柱の頭を通る送電線で、糸がぶつかってクルンとループを描くと、ドウガネは宙吊《ちゅうづ》りになった。

これでは、柿をもぎ取るための竹竿《たけざお》も届かない。下側の電線なら竹竿にカミソリをつけて切り落とせるが、こういう高い位置では、飛んでもがくドウガネをひたすら見つめているしかなかった。つねに注意を払っていたボクも、辰夫の虫との〝おまつり〟をかわそうとして〝雷鳥3号〟を引っ掛けてしまった。もがけば、もがくほど糸は短くなる。宙吊りのまま、とうとう夕刻には動かなくなった。不思議なもので、糸を警戒してか、カラスやキジバトらは虫に寄りつこうともしない。こうして、集落のなかの電線のあちこちに、「死がい」はぶらさがることになった。

通学の路に秋風が吹くころ。藤堂家の前を通り電線を見上げるたびに、ボクらの胸はチクリ、チクリと痛んだ。

名人倒れて、山河荒れ

山菜採りにも、ルールがある。来年も変わらず豊かな収穫を頂戴《ちょうだい》するための、知恵といってもいい。紙に書かれたものじゃない。山の主《ぬし》のような人が、行動で示すようなことだ。
その主が倒れたとき、里山に異変が起きた。

桜の花が散ると、集落はにわかに忙しくなった。田植えの準備が始まったのである。固く締まった土は起こされ、畦《あぜ》は叩かれて整えられていく。――すでに水の張られた場所には、濃緑の苗代《なわしろ》が風にそよぎ、裏山の高いところで、ウグイスが鳴いていた。

4月下旬から5月にかけて――それは北陸の里山にとって、もっとも過ごしやすい気候時期の到来だった。長かったねずみ色の空の呪縛《じゅばく》から解き放たれ、空は晴れ渡った。

「弁当忘れても傘忘れるな」の諺《ことわざ》も、このときばかりは忘れてしまう。時折、パラパラとやさしい雨は降るものの、雲が去れば強い照りが戻ってくる。そんな日和《ひより》を喜んだのは農家だけではなかった。

毎年、このころになると急に働き者になる男がいた。ボクと親しかった洋一《よういち》と辰夫の父親、よろず屋「茶木屋《ちゃきや》」の主人《オヤジ》である。彼は、店の前の「名糖アイスクリーム」のベンチに腰かけ、裏山を眺めてはブツブツ独り言をいった。そして翌朝、まだ暗いうちから山へ入ると、夕刻〝ぶどうの房《ふさ》〟のような姿で戻ってくるのだった。

背負った網袋には相当な量のワラビ、腰の両側に提げたカゴの片方にはタラノメとクグミ（コゴミ）。もう片方には山ウド。両側にササタケ（ネガマリタケ）を抱えていた。これだけの種類の〝旬《しゅん》〟を、どうすれば揃《そろ》えられるのか……彼は、そのあと夜の遅くまでワラビを煮てアク抜きをすると、翌朝、また出かけていくのだった。

「親父は県境までの山ひだに、たくさんコースを持っとるげ。数日の天気と木の葉っぱを見れば、どこに、なにが出とるか読むがや」

これが辰夫のオヤジ自慢だった。

しかし、近隣農家の男たちにとって、彼の存在はなにかと目障《めざわ》りだったようだ。

茶木屋の本家は8町歩を持つ米作農家だが、若いころに彼は大阪へ飛び出した。商売を始めたがどれもうまくいかず、結局、戻ってきた。そのときには兄夫婦が田んぼを守り、彼が受け継いだのは僅かな畑と古くなった普請《ふしん》のよろず屋しかなかったのだ。かといって、まじめに商いをする風でもなく、いつも店奥の居間で掘り炬《ご》燵《たつ》に足を入れて横になっている。そんな男が、山菜だの、キノコだの、ヤマイモ掘りのときだけ、スイッチが入ったように体を動かすのだ。

〝猫の手も借りたいときやろ〟

〝ワラビなんか、ばば様が採るもんや〟

〝ワシラは米つくってなんぼねんて〟

かつて一揆《いっき》によって、お百姓の共和国をつくった土地の風土、その気概が残っている地区が近隣にはある。次男とはいえ、一度、田んぼを手放した人間に、まわりは冷たかったのだ。

そんな悪口を聞くたびに、ボクは反論した。辰夫の手前もあった。

「一度、あの人と行ってみ、名人やちゃ。あのオッチャンは猟師ねんて」

彼は子供を連れて山には入らなかったが、この援護射撃を知ってか知らずか、年に2、3度は辰夫とボクを連れていってくれたのだ。

名人は、その日に決めたコースは頑《がん》として変えなかった。小学生がついていくのは、楽しさと苦しさがないまぜの＊山行《さんこう》である。裏山のヤブをくぐり、斜面を一気

＊山行
さんこう。峠を越えるなどの山歩きのことだが、本稿では山遊びや山菜を採取するため山を歩くことの要素が高い。

に頂上まで駆け上がると、稜線づたいに奥へ奥へ、起伏をいくつも越えた。途中、日当たりのよい斜面にワラビが出ていても、彼は見向きもしない。ボクらが摘《つ》もうとすると「固い」のひと言で片づけられた。

名人の好むワラビは、おもに雪の残りやすい北側の斜面に多いようだった。茎の太い、見事な長さがこぶしを上に向けていると、彼は我が意を得たりの表情で駆け下りていくのだ。ワラビは、曲げていくうちにパキッと折れる箇所がある。この要領をつかむのがコツだが、名人は立ち止まることなく、左右の手でこれをやるのだ。見つける。3本の指でつまむ。曲げる。パキッ。しかも、こぶしが下を向いている若い芽は、すべて残されていく。腰をかがめながらの一連の動作は、新雪を滑り降りるスラローマーのようだった。

ワラビに熱中する傍《かたわ》ら、彼が足を止めるのはタラノキ、トゲの険しい低木だ。伐採林の傾斜や崖のヘリに、ポツンと生えていたりする。剪定《せんてい》バサミを取り出したボクらがうずうずしていると、仕方がないかという顔をしていった。

「芽の上のほうだけやぞ」

タラノメはほんのちょっとでも旬を外すと赤みが強まり、固くなる。名人はそんなのは採らず、いつもはやり過ごすようだった。1番芽を切ったあと、その脇から生える2番芽は「絶対に採るな」と繰り返していた。

「あんなもんはうもうないぞ。あんなもん採るぐらいなら若い葉っぱを茹《ゆ》でたほうがましや」

斜面を降りると、谷間のヘリをよく歩いた。タラノメを摘んだ掌《てのひら》は茶褐色になり、強い匂いが残る。谷間の水で洗ったぐらいでは、なかなか落ちなかった。泥で手をこするボクらの脇で名人はもうクグミをより分けていた。

クグミ＝コゴミ＝クサソテツは、クセがなく、珍重される山菜のひとつだ。暗いじめじめした土の上に、株の群落ができている。名人は株のなかの、長いものから半分を摘み、半分は残すのがセオリーだった。しかし、ボクらにはクグミの生えている姿がちょっと苦手だった。黄緑のムカデが何本も立ち上がったように見えるからだ。それでも、長さを揃えて完了。今度はタケノコを求めて、ササ原の傾斜へ分け入る。と、名人は四ツん這《ば》いになり、イノシシに変身していた。

こうして毎年、ボクは信じられないような収穫を得ることができた。名人は必ず3分の1を、山分けのかたちで渡してくれたからだ。山菜の味は、子供の口には〝心から旨《うま》い〟ものではなかったが、いくつかの秘蔵コースを盗み、〝旬を読む〟の一端に触れられたことが嬉《うれ》しかった。天候、気温、湿度、葉の開き、そして、山の匂い。名人との山行で、ボクは芽出し的中への自信を深めていったのである。

ところが、小学5年の春。豊饒《ほうじょう》な山の幸は名人の不整脈によって一変する。彼は一命はとりとめたものの、名人不在の春山は、集落の誰にも想像のつかない事態を招くことになった。

山に入る人が、急激に増えたのである。それも集落のじじ、ばばではない。市街地からのクルマが麓の道路端に停まるようになり、休日には他府県からのナンバーもあった。

「茶木屋さんが入院したの広まったんやろ。商売屋は伝わるの早いさけえ」

そんな会話が交わされたときには、もう遅かった。名人なきあとは、即ちテリトリーの番人が消えたということを、ボクらはこれまで見たことのない〝*取り口〟で思い知らされたのだ。

斜面のワラビは、株ごとスパッと鎌で刈られていた。さらにシダの先に残るこぶしまでもが摘み取られる。タラノメは2番芽どころか3番芽まで切り落とされ、枝は丸坊主。大きな木は紐《ひも》をかけられて横倒しにされ、幼木を根こそぎ持ち去った跡もあった。クグミは稲刈り跡のようになった。ササ原は穴だけが残った。今年限りの、刹那的《せつなてき》な山菜狩りが、番人不在の山野を駆け抜けたのだ。

時に*大阪万博から2年ほどが経った春。ボクの集落の裏山にも、取り尽くしの〝山菜ブーム〟がやってきたらしかった。

＊取り口
相撲用語だが、ここでは植物や生き物の採取や捕獲の方法をさす。

＊大阪万博
日本万国博覧会。1970年3月から9月まで大阪府吹田市・千里ヶ丘で開かれた国際博覧会。77カ国が参加、テーマは「人類の進歩と調和」。当時小学2年生だった筆者は、夏休みに阿倍野区と西成区の境界にあった伯母夫婦宅に母と一緒に1週間以上逗留し、天王寺駅から満員の御堂筋線・北大阪急行線に乗り込み、日参。

俺のヤマを
荒らすのは
誰ぢや

邪道！　かいぼり列伝

冬枯れの土手にフキノトウが顔を出すころ。ボクらは先の尖《とが》ったスコップと金《かね》バケツを持ち、毎年のように水辺へ繰り出した。掻き出し——ボクの集落では「*かいぼり」をこう呼び、おもに春先に盛んな遊びだった。

雪解け水が引いて残った三日月湖状の水溜《みずた》まりや川に通じている田んぼ脇の用水路《ホソ》。その止水になっている区間をさらに狭く仕切り、産卵にきた魚を立ち往生させる。水を掻き出していくに従い、コイやフナの大物は背ビレを出し、横倒しになり、やがて魚の風呂になった。干上がった泥には、こぶし大の石を投げ入れる。ドベッという音と同時に、潜っていたドジョウが*シェー!!をして踊り上がるのだ。

もっとも、ボクらの掻き出しは、いつもここまでで終了。魚を獲らずに仕切った土のダムを壊し、水を戻す。

＊かいぼり
池や沼などの水を抜き、底に溜まった泥やゴミを取り除いて魚を獲ること。

＊シェー!!
『週刊少年サンデー』の人気漫画『おそ松くん』に登場するキャラクター・イヤミが驚いたときに発する

ナニがいるのか？　どれだけいるのか？

それがわかれば征服欲は満たされたのである。だから、同じ場所は二度と搔き出さず、つねに未知の水底の探索に燃えていた。

6年生に上がる春休みのことだった。ひとつ歳下の辰夫が息を切らせて、家に駆け込んできた。

「まあちゃん、防火用水にこぉーんなナマズがおったげ。きっと誰かが入れたんが、デカなったんやぞ」

いつもならさっそく搔き出しの算段に入るところが、ボクは無言でいた。

「ボウフラ湧かんように、昔から魚入れとるやろ。こぉーんなコイとかもおったりしてな」

よろず屋の次男は頬を紅潮させ、鼻まで赤くなっている。なにがなんでもボクをその気にさせたいらしい。

「タツ、お前、あんだけビンタされてまっだヤル気か……、駐在さんもいうとったやろ、今度やったら牢屋《ろうや》やで」

その一週間ほど前のことだ。ボクらは搔き出しによって〝前科一犯〟になっていた。エスカレートする〝未知の水底〟が行き着いたのは灌漑用《かんがいよう》の溜め池。裏山をひ

言葉とポーズ。両腕と全身でS字形成になる。

とつ越えた谷間をせき止めた場所だった。堤《つつみ》の傾斜に打たれた水止めの杭《くい》を一本ずつ抜いていき、あとは仲間5人と半日かけてバケツリレー。鱗《うろこ》の直径が4㎝もあるコイを抱えたり、ニシキヘビのような頭のライギョをワシ掴《づか》みにした。が、興奮もつかの間、すっ飛んできた駐在に首根っこをワシ掴みにされたのだった。集落の用水路が、急に増水してバレたらしい。

小学校の担任を含め、頬の感覚がなくなるほどの往復ビンタを喰《く》らった。

「ほんっとにこの子は、*だらぶちなことをさせれば誰にも負けん」

父と母の、あやまってまわる姿に胸が痛くなった。一緒に加わった隆《たかし》と淳一《じゅんいち》の家は田んぼをやっているので、両親の仕置きも相当なものだったらしい。こうしてボクらの掻き出しは、しばし封印されるムードにあったのだ。

＊だらぶち
金沢弁で「アホ、ばかたれ、ぽんくら」の意味。

ところが、辰夫はひるんでいない。

「ワシに考えがあるげ、今度は絶対にバレんちゃ」

「だから、もう変なことはやらんがや」

「次の日曜は花見やろ、みんな校庭で酒飲んどるから誰もおらんがや」

このひと言が、ボクのかいぼり魂に、再び火をつけることになった。


「ギョロメは出ていったみたいや」

決行は、まず駐在の行動を監視することから始まった。駐在殿はやせていて目が大きく、口は〝イー〟をしたように横へ引いている。煮干しのカタクチイワシのような顔だ。駐在所を見張るのは、防火用水が同じ敷地にあったためだ。しかも、火《ひ》の見櫓《みやぐら》とポンプの収納庫のおかげで、駐在所からも県道からも防火用水は見えにくい。

「灯台もと暗し、やて」

辰夫は得意気だ。

ボクらはさっそく、上にかけられていた金網を横に移動させて、竹で水深を測った。防火用水はタテ・ヨコ約４ｍの正方形で、地面から20㎝ほど出たコンクリートの縁取《ふちど》りがある。深淵を思わせていた濃緑の水は、意外にも２ｍ足らずであることがわかった。大人なら背が立つだろう。
「こりゃ新兵器を使えばすぐやな」
いつも腕組みしている信二《しんじ》がボソッといった。新兵器とはホースのことで、水位の差を使って水を抜く。防火用水の後ろはおあつらえむきの、ヤブの崖が落ちていた。メンツもボクと辰夫以外は、新しい顔触れだ。利幸《としゆき》と学《まなぶ》は隣の集落の同級生。体力自慢の信二は村の少年相撲団の№２で、郷土の英雄、*横綱輪島《わじま》に憧れていた。右利きのくせにひたすら左下手ばかりにこだわるので、なかなか№１になれない。そしてひとつ下の久和《ひさかず》を見張りにした。

ホースはそれぞれの家から持ってきた計６本を、束ねるようにして崖の下へ導く。そして、金バケツによるリレーを開始した。信二が汲《く》み出しで、３人が中継、残りひとりが戻し役だ。バケツの水は県道側の溝へ流していった。ボクらが金バケツを好んで使ったのは、回転する木の柄の部分にある。これでリズムが生まれ、掻けば掻くほど調子づくのだ。とくにラストスパートのころには体と同化してしまう。

ところが垂直の壁の防火用水はちょっと勝手が違った。水位が下がってもいっこうに足場ができないためだ。腹這いになって〝黄金の左〟をみせた信二がネをあげたのを機に、ボクと学は家の納屋までポリバケツを取りに走った。紐をつけて下へ落とす方法に切り換えるためだ。〝回転する柄〟に紐を結ぶと安定が悪く、水をす

＊横綱輪島
本名 輪島博。石川県七尾市出身。大相撲第54代横綱。稽古しなくても強い黄金の左下手と謳われた全盛期から、やがて後輩の横綱北の湖（きたのうみ）の胸に頭をつけて必死に食い下がる姿まで、当時の相撲好き少年の心に強く残った。幕の内優勝14回。

ばやく汲み上げられない。

「ところで、まあちゃん。水を戻すのはどうすんがや……」

走りながら、学が尋ねる。

「郵便局の横に蛇口があるやろ。あそこからホースを引いて、届かん分はバケツリレーや」

こうしてボクと辰夫の計画は、バケツ→ポリへの切り換え時間を除けば、すべて順調に進んだ。新兵器の威力が絶大なら、11歳の集中力も尋常ではなかったらしい。いま計算すると30トン近い水を、午後までに抜いたのである。

残りの水深が10㎝ぐらいになったところで、見張りの久和以外はみんな下に降りた。底は日が射さず、魚種の判別がつきにくかったからだ。ヌルヌルする壁に囲まれた防火用水の底は、ゴム長のくるぶしまで泥に沈んだ。

「なあ、タツ、お前のいうとったナマズってこれかいや?」

学が手ダモに入れたのは、30㎝そこそこだった。辰夫はムキになり、自分の手ダモであちこちを掻いた。魚種は小さなコイ、フナとヒブナと金魚が少々。金魚は祭りのあと、捨てられたものだろう。結局、辰夫のいう〝こぉーんな〟は見つからず、泥底からは、ジュースの空《あ》き瓶《びん》や一升瓶が発掘された。

「消防団もよう飲むさかいなあ」

「いや、ギョロメが、母ちゃんに見つかるの怖くて隠したんやないけ？」

みんなが、ドっと笑ったそのときである。上から声がした。

「どや、デカいがおったか？」

見上げると、久和の襟首《えりくび》をつかんだ駐在殿が仁王立ちしていた。

集落は花見どころではなくなってしまった。早く水を戻せということで向かいの郵便局の蛇口が開かれバケツリレーになった。まず、仲間6人の家族総出だ。いちばん活躍したのは大正15年生まれのボクの母だ。戦時中の女子挺身隊《ていしんたい》での頻繁な消火訓練は、バカ息子の尻ぬぐいに活《い》かされたのである。黙々と水を運びながらボクは考えた。どうして駐在にバレたのか？

これはあとでわかったことだが、新兵器の水の量が大誤算だったのだ。崖下へ伝わった水が思った以上に多く、枝分かれして崖斜め下のY家の縁の下へ入り込んだ。息子と嫁さんは花見に出かけていたが、残っていたバア様はたまげた。あわてて駐在に電話したが、留守。そこで、わざわざ校庭まで酒宴に加わっている駐在を呼びにいったということである。とにかく、翌日の始業式はボクたちだけが横で「正座」、続いてビンタ3往復を喰らった。さらに防火用水の魚たちは大量の水道水をぶち込まれたことで大半が白い腹を見せることに……。

6年生の春は、身も心も痛くなるスタートになった。

掻いても
掻いても
すぐ
バレる

みみずの細道

土曜の夜仕掛けて、日曜の朝上げる。置き針は、少年たちの週末の〝課外授業〟だった。コイもフナも掛かるが、本命はナマズである。ナマズを選んで釣る秘策を会得した〝ボク〟と辰夫は、毎週末、ヒーローになれた。

ほう、ほう、ほうほーう……ヤマバトが鳴く日曜日の朝。仕掛けを入れた農業用水は、雨で濁っていた。ひんやりした空気のなかで、ツーンと張ったタコ糸（幹糸）をたぐり寄せる。タコ糸は水草に深く潜り込んで、ヌシヌシと重い手応えをみせる。ひと晩かけた置き針の回収は、梅雨時最大の楽しみだった。

ひとつ、ふたつ、3つ……仕込んだ針の数を確認しながら、水を入れたタライに獲物を入れる。キンブナやコイは無抵抗のまま、芋ヅル式に浮かび上がった。が、必ず一尾は、死力をふり絞って暴れる奴がいる。あわててつかんだ枝糸の先には、沈み藻をからめた「本命」の姿があった。

「なんでや？　なんで、まあちゃんと辰夫ばかりナマズがかかるん？」

まわりに仕掛けを入れていた仲間たちから嫉妬の声があがる。ボクと辰夫は何食わぬ顔でいった。

「運や。運しかない。みんな同じ仕掛けなんやさけ、運がよかった」

合点のいかぬ顔の連中を尻目に、雑巾でナマズの頭をくるみ、下顎《したあご》をこじ開ける。手伝う辰夫と目が合うと、思わず口元がゆるんだ。

〝運〟ではなかった。ボクらは不特定多数の有象無象《うぞうむぞう》のなかから、ナマズだけを抽出して釣る確率の高い方法を確立していたのである。ただ、安易に秘策を公表しては、個体数の少ない本命のライバルを増やすことになる。釣りをすると〝オトボケ〟ばかりが上手くなるのだった。


　秘策とは、エサにあった。みんなはドバミミズの1本掛け。ボクらは、シマミミズ、ドバミミズ、のらくらミミズ――この3つをひとつの針にミックスさせて掛けていたのだ。ユラユラと動きで誘うシマ。強い臭《にお》いで誘うドバ。硬い肉質ののらくら。ミミズが〝房《ふさ》状態〟で水底を浮遊するとどうなるか？　モロコ、キンブナ、小さなコイなどは狂喜乱舞するだろう。しかし、時刻は夜。暗闇での彼らはいまひとつ口の動きが鈍く、硬いのらくらまではつつけない。そんな野次馬の騒ぎを聞きつけて、真打ち登場、となるのがボクらの推理だった。海の大物釣りで普及してい

る、＊環形《かんけい》動物を束ねて針につける方法（たとえばイワイソメ＋《プラス》アオイソメ＝マムアオと呼ぶ）を、すでに用水で実践していたのだ。

しかし、3種類のミミズを用意するのは、並大抵のことではなかった。

毎週土曜日の午後。ボクらは玄関にランドセルを放り込むと、即座に自転車をこぎ出した。昼食なぞ食っていては、置き針仕掛けをセットする時間に間に合わない。裏山のずっと奥の集落の外れに牛を飼っている農家がある。積まれた牛糞《ぎゅうふん》からまずシマミミズを取った。先の尖ったスコップをヌプヌプと〝糞の山〟にさし込み、塊ごと土の上に置く。移植ゴテでパンパンと割りながら、ワラの交じった黄土色のク

＊環形動物
ミミズ、イソメ、ゴカイなど。脊椎を持たず、柔らかい体節に分かれて伸縮によって行動する動物。

ソのなかから、赤白だんだら模様を指で引き抜くのだ、シマは動きが鈍く、割り箸《ばし》でもできたが、そんな時間はなかった。

のらくらは旅をするミミズだ。ひと雨降ると、家のまわりや畑、畦道《あぜみち》、ところかまわずのらくって回る。が、晴れた日は畑の堆肥のへりや、肥溜《こえだ》めのまわりを根気よく掘らねば見つからなかった。黒ずんだピンクのボディは縮んで20㎝、伸びると30㎝にもなる大物で、パンと張った肉質は躍動感に満ちていた。体をつまむと激しく伸縮を繰り返し、頭と尻は手に刃向かわんばかりにくねらせる。釣りには切って使うが、尻側が大車輪をしてハネ回り、ねばりのある体液を浴びせた。

そして、極めつけはドバミミズだ。灰色をした、指先についた臭いが2日はとれないレアモノは、集落の人家の便所脇をゲリラ的に掘るのだ。土筆《つくし》のような臭気抜きの立つ汲み取り口のまわり。肥《こえ》を汲み取る際、飛沫《ひまつ》が散ったであろう湿って黒いヌメヌメした土を、息を止めて掘るのだった。しかも、ドバは逃げ足が速い。体を傷つけず取るには、〝道〟の先手を打ってコテを入れる。むし暑いさなか、すきっ腹をかかえ、アンモニア臭を嗅《か》いでいると、胸がムカムカし、腹が張ったように痛くなった。ホント、揮発性の高い暑い午後などは目の奥まで痛くなる。水中メガネをかけて掘ったりもしたが、症状は変わらなかった。

そんなことを繰り返していた、ある土曜の午後。梅雨空が晴れ、強い照りが出ていた。黙々と掘っていた辰夫に異変が起きた。うずくまって、しばらく動かずにいたあと、突然、もどしたのである。それでも彼は執念なるかな、自分が吐いたものを選《え》り分けて、再び掘り起こそうとする。顔は真っ青だった。

「まあちゃん、ミミズ、家で飼えんかな？　いつだって*置き針できるし、ひょっとして増えたら掘らんでいいぞ」

翌日、納屋から、大きな金タライを引っぱり出した。畑の土を入れて、落ち葉や枯れ草を交ぜ合わせる。シマミミズは牛糞にしようと辰夫はいったが、家の軒下にフンを置く勇気はなかった。隣のバア様のアドバイスで、油カスを少々加えてみる。ほっぽっても育つ、の考えで、あっという間に3つのミミズ・ファームが完成した。

ところが、最初の事件が雨の夜に起こる。帰宅した姉が、玄関先で悲鳴をあげたのだ。見ると、のらくらがあちこちに這いずり出している。もっとも姉は大ミミズごときで仰天するタマではない。ミミズを狙ってやってきた巨大なガマガエルに囲まれていたのだ。

姉の厳重注意により、タライにベニヤ板をかけた。これで一件落着と思ったのもつかの間、今度はもっと深刻なことが起きた。ミミズが次々に死んでいくのだ。土

***置き針できる**　河川や水路、湖沼のなかで、流れが止まった箇所、とてもゆるやかな場所が仕掛けを入れる目安となる。仕掛けが自分の手に負える場所の広さや深さであることも置き針には重要。

の水分が極端に増えて、とくにシマは白くフヤけてしまった。隣のバア様があたり前や、という顔をした。

「土を陽《ひ》にあてんからや。ミミズは土を食べとるげ。土が腐れば、ミミズも腐ってしもがや」

結局、雨の日以外はベニヤを外し、多少、陽のあたる軒下に定置場所を移した。土も頃合いを見て、交換することにした。ミミズの量も制限しないと土の寿命は短くなる。かといって土を入れ過ぎると、のらくらなどはタライのヘリを簡単に乗り越えていく。ミミズは、とてもほっぽって飼える安易なものではなかったのだ。と同時に、ちょうどこのころから、原因不明の異臭がファームを襲った。

土を換えて3日も経たぬうちから、油カスにアンモニアが混ざった臭いがたち込める。最初は、ドバを入れたタライだけだったものが、シマやのらくらにまで広がり、やがて軒下全体がむせかえるような規模になった。

当然、近所からも苦情がきた。

「アンタのとこ、ちゃんと汲み取っとるがぁ?」——と。

父母と「捨てろ」「いやや」の押し問答の繰り返し。ボクは原因だけでもと、しつこくタライを観察した。やがて判明した犯人に、愕然《がくぜん》となる。タライの上に、家で飼っていたネコがしゃがんでいたからだ。

ネコというのは、土や砂の入った箱庭に、強い縄張り意識を持っている。しかも、ミミズの臭いが刺激になったようだ。それは彼一匹の問題ではなく、軒下は野良猫たちの通り道。尿《スプレー》が尿《スプレー》を呼び、タライはいつの間にか、ネコの公衆便所になっていたらしかった。

結局のところ、ボクらは「同じ臭うなら掘るほうがマシ」と悟ったのである。それに、ミミズを飼うことにちょっぴり抵抗を感じるようになったのも事実だ。エサを飼う。つまり釣りという遊びで殺すために飼う。日頃は思いもしなかった犠牲となる〝生き物のエサのあわれ〟が、タライのなかでうごめく姿から湧いてきたのだった。

こうして、ミミズ・ファームはひと夏で閉園した。

♪こっちのみみずは
クサイぞ

ネットプレーのウィンブルドン

夏の飛行機として少年たちの人気を集めたのは、オニヤンマよりむしろギンヤンマだった。きらめくボディ。ダークグリーンの大きな眼。そして何より、抜群の飛行能力。ネットプレーで奴らに勝つには、ある秘策が必要だった。

Kの集落に抜ける道は、サワガニの道と呼ばれていた。裏山の溜め池から、谷間に沿って稜線へ向かう杣道《そまみち》である。熊笹の斜面が両脇まで迫り、木もれ日のなかを小さな沢が並行していた。

夏休みに入り、3日ほど経った日のことだ。水の枯れる稜線の手前まで遡《さかのぼ》ったところで、「あっ」となった。切り通しになった道の真ん中に、泰成《やすなり》がうつ伏せで倒れていたからだ。

「あのダラ、こりない奴やなあ」

ボクと一緒にいた辰夫がヤレヤレという顔をする。泰成は神社の神主の息子でありながら、人を仰天させるのが大好きなオオカミ少年だった。境内での〝死んだふり〟が得意技だが、雪の正月、屋根雪に埋もれて大事になったことがある。しかし、このときは様子が違い、トカゲのように首をもたげ、切り通しの向こうを窺《うかが》っていた。手には柄の短いタモを握っている。

「アゲハか、オニヤンマやろ?」

「いや、日陰にヤマネズミでもおるんじゃないか?」

*蝉時雨《せみしぐれ》のおかげで、ボクらの会話に彼は気づかない。逆に後ろから近づいて、わっとオドかしてやろうとしたときだ。彼はムクリと上体を起こすと、カエル飛びを決め、タモを振り抜いたのだ。カシャと乾いた音がした。

思わず駆け寄ってしまったボクらを見て、泰成は鼻の穴をふくらませていた。

「今日は、3つめや。ワシにはギンヤンマが止まって見えるげ」

彼は慣れた手つきでトンボを取り出すと、指先に伝わる独特のバイブレーションを楽しんでいる。

「なあ、泰成《ヤス》。ヤンマは益虫やぞ。すぐに放してやれや」

一級上の彼に対して、大人風を吹かせたボクら。しかし、彼と別れたあと、すかさずカニを沢に戻し、全速力で杣道を駆け下りたのだ。

〝こうしちゃ、おれんぞ〟だった。

＊蝉時雨
セミがいっせいに鳴くことで、時雨(初冬の強い雨)が降ってきたような「大音量」の状況。

当時、ヤンマ捕りなど、誰でもやっている遊びではあった。段々畑の畦道や水辺をめぐる山道など、必ずそこを縄張りにするオスがいて、行ったり来たりを繰り返していた。だが、タモで捕れるのはオニヤンマばかりである。長いホバリングや草にぶら下がっての休息など、つけ入る隙が多いからだ。ギンヤンマは抜群の飛行能力に加えて、そんな行動の〝間《ま》〟を、なかなか見せない。タイミングが絞れない線から線の動きに、みんな躍起になっていた。

ボクらを魅了したのは、そんな捕りにくさ、だけではない。複眼のダークグリーン。胸のライムグリーン。腹のスカイブルー。そして尻尾の黒、茶、

山吹。切り通しの道の斜めの光を切って走る美しさといったら！　まるで「*パクトラタミヤ」を塗り分けたような人工的にも思える色彩は、スポンサーをたくさんつけた空のワークスマシーンの豪華さであった。

　そんな彼らと、*ぶり（とりこ）や友釣りといった二次的な方法ではなく、手ダモ一丁で渡りあう。真っ向勝負の技をマスターした泰成の知られざる姿に、強いライバル心が湧き起こっていた。


　翌日から、ボクらはタモを握りしめ、朝露の残る道の草に張りついた。サワガニの道は、ギンヤンマの道になったのだ。泰成は露骨に嫌な顔をしたが、お互いに間隔を置くことで「縄張り」を保った。溜め池から稜線までが、およそ８００ｍ。カーブと直線《ストレート》が交互するなかで、ギンヤンマたちも一区間ごとの縄張りを仕切っていた。

　池のまわりはメスのエリア。やがて勾配が上がるごとにオスが増えるが、陽当たりのよい直線などはオニヤンマに駆逐されかかっていた。さらに興味深かったのは、縄張りの一区間を、必ずしもその一尾が保持しているとは限らないことだ。5〜6回往復したのち、どこかへ消えてしまうと、違うオスがそこにやって来た。*就餌《しゅうじ》や巡回のタイムテーブルがあるのか⁉　それを守らない奴がバッティングして、ケ

＊パクトラタミヤ
タミヤ模型から発売されていたプラモデル専用の塗料。

＊ぶりや友釣り
空中に道具を放り投げるなどして、トンボをからめとる方法。

＊就餌
エサを食べること。

ンカになった。いずれにせよ、ギンヤンマの数は集落の畦道とは比べものにならず、チャンスを窺う体に自然と力が入った。

ところが、いざ実践のネットプレーときたら。満を持して放つショットは、ことごとく空を切ったのである。ひたすら待つ⬇行ったり来たりを眺める⬇打つ。頭のなかで描くイメージがまったく通用しない。コーナーの先から進入してくるギンヤンマの飛行は、木もれ日のなかでますます緩急がついた。

本で読んだ知識では、最高時速80㎞以上。崖にはさまれた切り通しでは、より速く感じた。彼らの反射神経のスゴさは、そこからタテの変化のキレだった。早めに打つ。ためて打つ。下からすくい上げる。上からかぶせる……どんな角度とタイミングでスイングしても、軽々とタモの口金の上をホップするのだ。かと思えば、突然、ネットのない柄の部分に鋭くシュートして、胸元をえぐられたりもする。

「あー、惜しかった」と思うのは気のせい。辰夫の自称〝*オズマのスイング〟は、いつも20㎝以上離れていたし、辰夫がいうには、ボクのは30㎝離れていたという。翻弄《ほんろう》されている自分に気づかないのだ。〝ホップ〟したところを捕まえてやろうと、*ひとり時間差を幾度もかましたが、フェイントの段階で相手はフルブレーキング。パッとトンボ返りして一巻の終わり。ならばと、辰夫と折り重なるように構えて、変則ダブルスまで組んだ。下を振った瞬間に、上を振るのだ。しかし、相手は僅か

＊オズマのスイング
『週刊少年マガジン』の漫画『巨人の星』で主人公星飛雄馬（ほしひゅうま）のライバル、オズマのあまりに速くて見えないスイングのこと。たとえば振り抜いた瞬間に外野スタンド席にいた観客がホームランボールに当たって倒れることもあるほど速い打球を生んだ。

なネット間を見逃さなかった。正面をあきらめ、進行方向に対して真横からの〝輪切り〟。また、後ろからの追い捕りも試みたが、時速80㎞ではすべて徒労に終わった。

いちばんこたえたのは、その失敗が一区間すべての終わりにつながることだ。危険を察知したギンヤンマは姿を消すか、2度とタモの届く高度を飛んでくれない。柄の長いタモでは結果が見えている。次のオスが現れるまでひたすら待つか、別の縄張りへ移動するしかなかったのだ。

それを尻目に、泰成の絶好調といったらない。指の間に4尾ものギンヤンマの羽をはさみ有頂天だった。それを、一尾も捕れないボクらの前で、これみよがしにリリースするのだ。釣りや魚獲りでも、こんなことをする奴が多かったものだ。で、

「お前らには、まだ無理や。止まって見えんやろ？　池のまわりでつるみでも狙《ねろ》うとれや」

つるみ、とは方言で、おつながりの状態をいう。当然、どんなトンボでも格段に飛行能力は落ちている。当時のボクらには、行為のディテールまではよくわからなかったが、アレに手を出すのは、とてもゴムタイであることだけは肌で感じていた。

こんな徒労と屈辱が5日も続いただろうか、さすがにあきらめようと思ったときだった。泰成が風疹《ふうしん》にかかり、それが〝一尾〟へのきっかけをつくってくれた。不在となった彼の定位置をしつこく観察することで、大きなカギを発見したのだ。

＊ひとり時間差
相手のタイミングをそらす行為を単独で行うこと。

そこはギンヤンマの反転場所だった。巡行してきたヤンマは、なにごともなければスムーズに制動し、小さな弧を描いてトンボ返りする。獲物を求めてのパトロールでの反転場所だろうか。その直後、ほんの一瞬だが、フワッと浮いて見える〝間〟が存在していた。関取が塩をつかみ、さあいくぞと反転したときのような間。その複眼がいかに大きいとはいえ、後ろには僅かな死角がある。死角をついたスイングが、成功への必須条件だったのである。

ネットプレーでは、反転直後の*ライジング・ボールを打つ。このセオリーがテニスでも通用すると知ったのは、20年後のことだった。

＊ライジング・ボール
着地して跳ね返った直後のボール。そのボールを打ち返すことをライジング・ショットという。テニスプレイヤー伊達公子（だてきみこ）選手が得意として世界トップクラスの闘いを演じた。

伊達男！

少年は、竿師を目指す

もっとも身近な釣竿は、土手から切り出してくる竹だった。多少の曲がりは当然で、それは不愉快だったが、フナを釣るのに問題はなかった。にもかかわらず、竹ののべ竿は突然、進化を始め、年かさの中学生を巻き込んでとどまるところを知らなかった。

裏山の池は堤《つつみ》と呼ばれていた。山間《やまあい》を土でせき止めた灌漑用の貯水池で裾広《すそひろ》がりの八の字をしている。人工とはいえ、築堤は明治期の年代物で、風情は山上の野《の》池《いけ》だった。

5月。土手の傾斜にしゃがんで竹竿を握りしめていると、いろんなハプニングが起きた。産卵にやってきたクサガメが、たまたま浮上してきたライギョとハチ合わせになり、両者たまげて溺《おぼ》れた容態になった。トノサマガエルを追ってきたヤマカガシがなんと、傾斜の背後から両者立て続けに頭上を越えたこともある。どばっしゃーんと、着水したはいいが、カエルをくわえたまま仕掛けに絡まり、ありがた迷惑な漁父の利になった。夕刻、クイナの若夫婦がランディングに失敗し、対岸のヘリに激突。よほど口惜しかったのか珍妙な声を出しながら、何度もやり直すのを見たことがある。そして、時には、仲間が持ち込むハプニングもあった。

「どーしたん？　竿がまっすぐやん」

その日。ワッと取り囲んだボクらに、利幸《としゆき》はメリケン粉をこねた手で鼻をこすりながら得意顔だった。

「火であぶってん。オヤジに教えてもろたんや。あぶりながら曲がりをとると、竿はピンピンになるげ」

ボクらが注視するなか、彼は竿尻から竿先まで見事な一直線の〝竹〟を振って、水面を覆う菱《ひし》の切れ目に棒ウキを落とし込んだ。

火であぶる――？　しばし、彼の握った竹の全身から目が離れなかった。

当時、フナ釣りの竿は切り出した竹だった。それもわざわざ河原の土手に茂る＊矢《や》竹《だけ》と呼ばれる種類を選んでいた。矢竹は字のごとく弓矢の弓部分に使われる素材でシナリ具合と粘り強さに長《た》けている。でも山の斜面の矢竹は、北陸特有の重い雪で根元から曲がっていたり、残雪の水を含んでよくない、といわれており、あえて積雪の少ない河原土手産を切り出していた。

竿作りは、まず、３ｍほどの若竹をノコギリで切り、家までズルズル引きずって

＊矢竹
タケとは呼ばれているが、ササの仲間に分類される。弓矢の材料になるため城下町では有事に備えて武家の庭や河岸の土手などにも植えられた。

くる。皮を剝《は》ぎ、枝を剪定バサミで落とし、残った突起にヤスリをかける。あとは風通しのいい場所に数日干すのだが、この〝干す〟過程の問題があった。

　家の壁などに立てかけることから、竹の自重によって若干の曲がりが生じるのだ。かといって地面に置いたのでは、設置した一面が乾かず、朽ちたり腐ったりするジレンマである。魚を掛けてもいないのに〝＊胴調子〟のような曲がり具合は、見映えからして不愉快だった。

「利幸、お前じゃなくて、オヤジや兄貴にあぶってもろたんやろがぁ」

　このとき、ボクらが毒づいたのは、自分より釣りの下手な奴がいい竿を握ることへの嫉妬以外になかった。

　さっそく、焚《た》き火《び》が熾《おこ》され、竹をあぶってみることにした。ボクと親しかった辰夫も、あらかじめ干してあった竹を束ねて持ってくる熱の入れよう。ところが、竹はこげる一方で、なかなかまっすぐにはならない。後日、その様子を感じ取った利幸は心から嬉しそうだった。

＊胴調子
釣り竿の先から一定のオモリを提げたときの基準で、真ん中付近からよく曲がる6対4、5対5などの調子をさす。先のほうから曲がる先調子、次に中調子の仕様がある。

「お前らダラか。そりゃあぶっとるんやなくて、焼いとるがや。直火《じかび》はダメやちゃ。練炭《れんたん》であぶって、ちょっとずつ戻すんや」

自分より釣りの下手な奴に教えを乞う屈辱に耐えながら、それでも納屋から*七厘を持ち出した。掘り炬燵の季節も終わり、せっかく仕舞った練炭を再び出されて母の目は三角だった。

「いいか、お前ら。七厘の上にレンガをおくげ。その隙間に竹を入れると、火がまんべんなく回るんや。それとあぶるんは節や。節は強いさけ」

すっかり、師匠気取りになった利幸。里山ではなにごとも先駆者であることがイニシアティブをとる秘訣だった。

それでも、なるほど。軍手をはめて、あぶった節の上下に力を入れると、徐々に曲がりが戻るのがわかる。さらに翌日の試し釣りでは、竹本体の性能までが変わり、ボクらを大いに驚かせた。

とにかく、軽いのだ。重量そのものよりも、ピンと張りができたことで絶妙なバランスが生まれたらしい。フナ釣りは、片手だけで竿を操作するワンハンド・シェイクが身上の釣りだ。これまで3ｍを超す竹竿の場合、竿尻部分はヒジにかけて握っていたものが、その竿尻をつかんだだけで振り回せるのだった。さらに、魚を掛けたあとの応答も違う。マブナの頭を下げてキュキューンと走る引きに対して、

＊七厘（七輪）
炭火を使った焼き物や煮炊きのための持ち運びのできるコンロ。筆者の郷里では能登で造られた七輪が普及していた。

手首を立てているだけで勝手に魚が寄ってくるのだ。

〝火を入れるとまっすぐになる〟

〝反発力まで変わる‼〟

この釣り情報は一気に広まった。


こうして利幸が伝えた「火入れ」の技術が、堤の仲間たちを中心に、一大製竿《せいかん》ブームを巻き起こしたのである。

近隣の集落や学年を問わず、他校区の生徒まで。すでにグラスロッドを持っていた中学生までが加わった。よろず家は、4本継ぎ480円の竹竿の売れ行きがガクンと落ちた分、季節外れの練炭で補塡《ほてん》した。やがて、機能追求か、付加価値か――少年竿師の熱情はいろんな方向へとエスカレートしていく。

最初にみんなをアッといわせたのは、先駆者、利幸の2作目だ。

「オヤジの黒目漆《くろめうるし》もろてん。ちょっとムラ出てしもたけど総漆塗りや」

黒目漆とは、生漆《きうるし》から第一段階の加工を経た珍重される塗料だ。彼の父は市街地から続く漆職人が残る地区で*金沢漆器に携わっていた。

これに牙をむいたのが洋治《ようじ》。他校区から自転車で50分かけて堤に来ていたバカ者だ。彼は総漆塗りに加えて、なんと金粉をちりばめてきたのだ。彼の祖父はかつて

＊金沢漆器
江戸時代の加賀藩前田家の奨励で発展した漆器。頑丈さと優美さを兼ね備えているといわれる。

郷土の基幹産業でもあった金箔《きんぱく》製造業。薄く延ばされた金箔を裁断する際に生じる粉。それを目ざとくもらい集めて塗布したのだという。

「この竿に〝鏡花《きょうか》〟と名前つけたんや」

加賀百万石の伝統工芸がバックについていては、勤め人の兼業農家の多い我が集落勢は圧倒的に不利だった。竿に絵の具を塗り、ニスで仕上げてみたがあまりに稚拙で、これでは〝運動会の旗棒〟である。ボクの母の妹（叔母《おば》）は絵を習いに京都まで出て*加賀友禅の手伝いをしていたが、あぶったままの竹に装飾の絵柄はさすがに頼めなかった。

それを尻目に洋治は、節と節の間に赤や紺、紫の絹糸まで巻き付けた新作〝犀星《さいせい》〟を発表。飾り糸はロッドカスタムのいろはみたいなものだが、次回の文豪シリーズでは、*九谷焼《くたにやき》の竿栓《さおせん》までつけかねない勢いだった（予告名は〝秋声《しゅうせい》〟だった）。

「こうしちゃおれんぞ」

ボクと辰夫は、工芸品への対抗策として、〝長さ〟の実用性に目をつけた。集落の墓地に茂っていた大型の〝陸中竹《りくちゅうだけ》〟を切り出しにかかったのだ。全長6mは、当時のフナ竿の倍以上の射程距離をかせぎ出す。未曾有《みぞう》のポイントを開拓できる剛竿「大和《やまと》」なのだった。凝った手技施工を長い腕でねじ伏せる少年らしくわかりやすい志向である。15㎝のキンブナを釣るために、元径が5㎝もある竹竿をふたりが

＊加賀友禅
江戸時代、京都の画家・宮崎友禅による手法や染色技術が人気を呼び、加賀藩前田家の招聘（しょうへい）と奨励によって普及した染物。

＊九谷焼
江戸時代、加賀藩前田家の奨励で金沢市から南部の加賀地方で普及した磁器。絵柄や色使いが鮮やかで花瓶や食器などに使われる。

かりで構える様態は、大竿巨砲主義者の心を大いに刺激したのである。

ところが、そんな製竿ごっこのつばぜり合いにピリオドを打つ日がきた。中学生が黒紋《くろもん》を登場させたのだ。黒紋とは竹の表面に浮かんだゴマつぶ大の黒いシミで、彼らがいうには〝フナ竿では最高の模様〟なのだとか。化学実験クラブの副部長が、名古屋の伯父貴《おじき》から知恵をつけられたのが始まりだった。

その製作法とは、竹を生きたまま枯らす――まず、目をつけた竹のまわりを掘り、地下茎を切る。そこに墨汁を流し込み、放置することで、黒いシミが浮き出てくるのだ。墨汁の量は微妙な調節が大切で、多過ぎると、生まれたての〝レパード〟のような〝まだら〟になった。

「本当は農薬のほうがキレイに出る」

中学生たちは吠《ほ》えた。

黒紋に漆を塗ると、確かに美しく、とても魅力的だった。だが、この竿がボクらの学年まで浸透してくるころになると、目をつけていた竹の所有権をめぐってケンカがたえなくなった。と同時に、河原土手の矢竹の群落のあちこちに黄土色の〝枯れ果てた一角〟が目立つようになった。

ボクらが自作ののべ竿に凝ったのは、昭和40年代の後半。釣り道具の世界の釣り竿では従来のグラスファイバーに変わりカーボンファイバー素材が登場していた。

化学合成素材と対極にある竹は、いつも無料で自作自演の喜びを与えてくれた。だが〝生きた素材〟ゆえに、払われた犠牲はとても大きかった。

大屋根シャンツェの笠谷幸生

笠谷《かさや》・金野《こんの》・青地《あおち》の「日の丸飛行隊」、表彰台を独占！ '72年札幌オリンピック、日本は70m級ジャンプに沸いた。雪国北陸の少年たちは、楽しくて危ない遊戯をひとつ増やし、ついでに怪我《けが》人も増やした。

「飛んだ！ 決まった！ 笠谷！」

NHKアナウンサーのうわずった声に、こっちまで炬燵《こたつ》の上から飛んでしまっていた。これでもか、といわんばかりのテレマーク。ゆっくりターンするとゴーグルを外し、シャンツェを振り返った。

1972年2月6日、札幌、宮《みや》の森《もり》。全国民の期待と日の丸という重い代紋をしょって飛んだスーパージャンプだった。いまの選手と違い、素朴なジャンプスーツにノーヘル。生身の人間が鬼神の形相で死の谷へ立ち向かう。その気概は、＊日の丸飛行隊という、勇ましくもどこか悲壮なダイナミズムの言葉に心憎いまでにリ

＊日の丸飛行隊　札幌の表彰台独占から始まった称揚句（しょうようく）。カッコイイ！とヒーローに弱いスキー少年たち（少女も）は、しばらくストックをゲレンデ脇に刺して滑るようになる。ジャンプは日本のお家芸を定着させた。

ンクしていた。

「こんなに笑う人やったんやね」

一緒にテレビを見ていた母が目を細める。ポーカーフェイス笠谷の空を見上げた顔に、思わず胸が熱くなった。


一夜明けても興奮さめやらず。姉のお古《ふる》の、つばめマークが入ったスキーを束ねて、まだ青白い外気を歩いた。ストックの代わりにスコップを握り、二本杉の斜面を目指す。裏山の傾斜を伐り開いた50mもないゲレンデだ。一番乗りと思ったが、すでに吉川と山本が行動を開始していた。

ともに、ボクより2級上で5歳のときからアルペン競技をやっている。県外まで出かけていく熱心な父親のおかげで、板も靴も最新だ。そんなふたりが、斜面の真ん中にスコップで雪を積み上げていたのである。

「*ザイラーとキリーはやめた。これからは笠谷になるげぇ」

ジャンプのジの字もなかった北陸の里山は、一夜にして笠谷一色に染まっていた。陽が高くなると、次々にストックを持たない連中がジャンプ台の製作に加わる。昼近くには、助走路《アプローチ》20m、最大斜度25度、踏切台《カンテ》の高さ80cmの二本杉シャンツェが完成。K点だと称して使わないストックをランディングバーンの脇に刺してみた。

＊ザイラーとキリー ザイラーはトニー・ザイラー（オーストリア）。キリーはジャン・クロード・キリー（フランス）。ともに常勝無敗のアルペンレーサーにして雪原のヒーロー。筆者の少年時代にはやがてインゲマール・ステンマルク（スウェーデン）が登場してくる。

「待て待て、これで仕上げじゃあ」

途中からいなくなっていた吉川が、10kg入りの塩袋を抱きかかえて戻ってきた。父親の用意している農協の買い置きの塩だという。おもむろに袋を切ると一気にぶちまけた。競技スキー経験者のおかげで、北陸の水気を含んだ雪も固く締まる。

「ゼッケーン45ばーん、吉川慎一郎、タノウエ小学校4ね〜ん、トムロヤマレーシングBチーム吉川乳業店」

　塩を持ってきた功績が認められ、処女ジャンプは彼に決定。ただし、笠谷のゼッケン番号は取り合いになり、誰も譲らなかったため全員が45番である。スタートは、独特の抑揚ある場外アナウンスを自分でやり、勝手にスポンサーもつける、電子音のピーも自前。手を後ろに組み、踏切台をにらんでアプローチ。飛び出すと同時に「ハァッ」と声を出さなくてはならない。と、ここまでは様《さま》になるものの、飛型は後傾気味、板が逃げてしまう。なんとか着地できてもテレマークはほど遠く、P点（標準点）は4m付近だった。それで

もターンしてからは、ゴーグルを取るふりをして、ニヒルにシャンツェをにらみかえす。さらに板をいちいち外してかついで登り、時折みけんにしわを寄せるのだ。

吉川と山本はさすがにジャンプが安定し、板も揃っていたが、みんなを驚かせたのは辰夫のスーパーぶりだ。ろくすっぽボーゲンもできない奴が、直滑降とジャンプだけは頭から前のめりで行く。飛行中の口を横に引いたように開ける鬼神の形相も笠谷だった。着地はバーンを削る転倒ダイブだが、バッケンレコードを次々塗り替えていく。ジャンプは、こういった一発度胸タイプの面目躍如となるステージでもあった。

ところが、二本杉での笠谷ごっこは、3日ほどですっかり飽きてしまった。踏切台が小さくて、慣れてしまったのである。雪をもっと足してみたが、所詮《しょせん》はションベンゲレンデの悲しさ。ギャップを飛ぶ趣に変わりはない。スタート地点の引き上げ案も検討した。せめて助走を長くすればと、低木の生える稜線まで行ったが徒労に終わる。茂る低木が邪魔をして速度がつかないのだ。それに二本杉は、弟や妹がソリや竹スキーで遊ぶ斜面でもあったため、集落の大人たちから立《た》ち退《の》きを命じられた。

こうなると、ボクたちはテレビに映るような、板の裏側がすべて見えるくらいの大きな段差が欲しくなってきた。

「……お父さんから聞いた。ジャンパーになるには、大屋根から飛ぶらしい」

日頃、めったに口を開かない自称アルペンレーサー山本のひと言が、シャンツェを新造するきっかけとなった。

屋根からのダイブは、雪が多く積もった日によくやっていた。バサバサと屋根雪を落としてクッションを作り、その上へズボッといく。降雪地帯の集落では年齢による通過儀礼といってよい。1階屋根からなら小学1年生で飛んでいた。大屋根でも、クッションをかなり厚くすれば平気になるのが3年生、4年生ぐらいか。ただ、板を履いて着地するには、かなり大きなランディングバーンの傾斜が必要になる。

山本の家の納屋が選ばれたのは、コンバイン4台が入る普請。母屋までの庭の広さがバーンにうってつけだ。山本はビビっているが、誰も聞く耳を持たない。はなっから1階屋根《ノーマルヒル》でなく、中2階を越えて大屋根《ラージヒル》でいくことになった。柿をもぐときに使う木製のはしごを、階段の代わりにする。助走路の雪が落ち、瓦の屋根が露出してしまう点については、スコップで雪を投げ入れる方法を考えた。つまり、スタートの直前、そばにもうひとりがつき、残っている屋根雪を助走路にまく。それに乗ってアプローチするのだ。吉川と山本は、自慢の板の滑走面が傷つくからと、ゴム長グツで履くお古の板に替えた。みんなもそれに合わせたのは、足が固定されるブーツでは、さすがに危険と感じたからだ。ボクも姉のお古から、去年までの自

ビッグ
雪国
バン

分用のさらなるお古に戻した。

「誰からいく？」

「えっ⁉　お前やってみ」

二本松シャンツェと違い、今度は誰も〝処女ジャンパー〟に名乗り出ない。つい、お調子者のボクが立候補してしまった。が、はしごを昇り、大屋根のてっぺんに腰掛けた時点ですでに後悔した。軒下のランディングバーンが、ここからはまったく見えないのだ。意図せずしてポーカーフェイス。場外アナウンスもピーも忘れてしまう。

「はよ飛べまん（飛べよ）！」

奴らにせかされても、すぐ飛ぶ気にはなれない。

「お前らダラか。風を読んどるげ」

勇気を奮いたたせるまで、こうごまかすのが精一杯だ。やがて意を決しての、初ジャンプの記憶はある。

ゴトゴトした助走路が突然なくなり、あっという間にバーンにテールが接地する。同時に背中を打って息が止まる。前傾姿勢もなにもなく、墜落しただけだ。みんな同じで、誰ひとり、転倒しない者はいない。普通、一度やってしまえば2度目はイケるものだが、結局、この日、2度目を飛ぼうという猛者《もさ》は現れなかった。

それでも、ボクらは雪が降るたびに適当な大屋根を見つけては飛んでいた。2年目には着地のときに埋もれていた庭木を支える竹が足首の上を刺し、4針縫った。生傷の絶えぬ男と呼ばれた。それでもやめず、結局、小学校を卒業するまで飛び続けた。ポーカーフェイスの金メダリストは世間から忘れられても、里山の笠谷ブームは3年間冷《さ》めなかったのだ。

キャベツ畑でつかまえて

生まれて初めてのアルバイトは、キャベツ畑のアオムシ捕り。ギャラの10円で、バクチ＝よろず屋のクジが2回引けた。だがそのあまりの羽振りのよさを、よろず屋の次男坊、辰夫に疑われ……。

「○○は嫁に食わすな」というイジワルな格言は、岐阜から嫁いだ農協の姐《ねえ》さんには通用しなかった。*寒ブリの砂ずり、*コウバコ、*ハチメの煮つけ……彼女がすべてを賞味できたのは、村一番の働き者で姑《しゅとめ》との折り合いも良かったからだ。暗いうちから田畑に出て、草取り、肥《こえ》まき。朝摘みの野菜をリヤカーに積んで、市街へ売りに行ったりもする。午後は文字どおり農協の事務を手伝い、合い間を見て再び田畑へ。彼女には子供ができず、だから働けるといわれる反面、ボクらをとても可愛がってくれた。

緑がグーンと濃くなる、5月中ごろのことだ。家まで近道しようとキャベツ畑を

＊寒ブリの砂ずり　氷見（ひみ）ブリに代表される富山湾で捕獲される産卵で肥えた冬の日本海ブリ。砂ずりは、砂底に擦れるほど張ったお腹の内臓を守っている部分。焼肉でのハラミ、カルビに相当する部位。

横切ったところ、姐さんが黙々とアオムシを捕っていた。足元のザルにはキャベツの葉が敷かれ、モンシロチョウの幼虫が黄色い卵と一緒に転がっている。彼女は軍手をはめた手で恐る恐る葉をめくっていた。

「虫がついとると嫌がられるしねえ。でも、わたしはこれだけは苦手」

男に伍して働くと評判の嫁の、知られざる女の一面を見たのである。

アオムシ捕りは、緑に同化した終齢の本体を探すよりも、その食《は》んだ跡を見つけるほうが早い。キャベツを眺めながら歩きまわり、穴の開いた葉があれば慎重にめくる。ふたつ、3つはいるものだ。産みつけられた時期が同じなので、小さな1〜3齢の集団には目を凝らす。ボクはほんの5分ほどで掌いっぱいのアオムシをザルに入れた。

「やっぱ男の子や、たいしたもんや」

彼女はそういうが早いか、アリガトを連発しながら腰に提げた麻の巾着を開けた。10円をくれたのである。

翌日も、彼女はひと区画横のキャベツ畑にいた。ボクは当然のように手伝いに加わり、再び10円玉をもらう。この時期、幼虫をいくら捕っても羽化した親蝶がすぐに卵を産みつける。根気のいるいたちごっこで、同じ畑を3日と空けられないものだ。つまり翌日も、また次の日も。ボクは姐さんがキャベツ畑にいる時刻を狙って

＊コウバコ
ズワイガニのメスの石川県での呼び名で、甲箱、香箱と書かれたりする。産卵で浅場へ上がる初冬から翌年にかけて採取される。

＊ハチメの煮つけ
ハチメは八目とも表記され、メバルのこと。目の健康に効くといい伝えられていた。能登内浦産が珍重された。

通りかかり、10円を掌中《しょうちゅう》にした。
「お前、帰り道になんしとらん？」
ボクがキャベツ畑で中腰になっている姿は、級友たちに目撃されてはいた。しかし、*李下《りか》の冠、瓜《か》田《でん》の履《くつ》ではなく、キャベツでは疑いようもない。アオムシ捕りや、と答えると、誰もがふーんで片づけた。

そんなおり、理科の授業でアオムシの飼育をすることになった。ラッキーは続くものである。担任はめいめいに、フタのついた空き瓶とアオムシを用意するようにいった。さらに、
「アオムシはできるだけ小さな奴を。直接触らないで葉を切って捕ってきなさい」とつけ加えた。

モンシロチョウの飼育を5月や6月に始めるのは「ハズレ」を避けるためである。梅雨が明けたあとのアオムシには寄生バチが猛威をふるう。コマユバチの仲間だ。十中八九が羽化の寸前に体内を食べ尽くされ、なかから無数のウジが湧き出てくるのだ。イモ虫がウジを産む様《さま》は、どんなに慣れていてもゾクリとさせられる。

＊李下の冠、瓜田の履
スモモの木の下で帽子を直したり、スイカの畑で靴紐を結ぶなどの、人の誤解を生むまぎらわしい行動は慎みなさいの意味で使われる。

翌朝、ボクは百匹近いアオムシとともに登校した。バケツにキャベツの葉を数枚敷いて、3年と4年の理化教材をひとりで供出したのである。驚いたのは級友たち。とりわけ女子から感謝感激の言葉を浴び、担任や教頭は目を丸くした。

「キミの虫捕りも、たまには役に立つんだね」

たまには、は余計だが、キャベツ畑の助っ人は、秘密の実益とともに寄贈者の名声までを得たのである。

「まあちゃん、その*ジェニコどうしたん。かっかの財布から盗《と》ったんか?」

この一石二鳥を、深く勘ぐったのが辰夫だ。彼の家はよろず屋で、ボクが1回5円の駄菓子クジを頻繁に引くことから察知したらしい。大玉を狙ってタコ糸を引く三角アメやミニカステラ。黒砂糖ふすま……姐さんにもらった10円玉は、*子供バクチにつっこんでいた。これまで週に1回もやれなかったものが、毎日のようにやって来る。10円玉の出どころが気になって仕方がない様子だった。

「お前、ダラか。そんなことしたらすぐにバレてしばきや」

どう装ったところで、ネタはバレていた。しばらくして、辰夫が大量のキアゲハの幼虫を教室に持ち込んだのだ。

「農協の姐さんのニンジン畑で捕ってん。パセリの上にも、おるしな」

＊ジェニコ
「お金」のこと。

＊子供バクチ
駄菓子屋のクジ引き、お祭りに出る露店クジが主体である。一等、二等、三等といった等級や数字のついた景品との交換、ヒモなどを引いて引き当てる景品など様々なスタイルがある。

彼は、ボクと級友たちの顔を交互に見ながらニヤニヤしている。自分も姐さんとの蜜月を築いたといわんばかりの表情だ。ボクは、その前日、キャベツ畑に彼女がいなかった事情を知ると同時に、教材寄贈者の名誉も持っていかれた。モンシロチョウとキアゲハでは、成蝶になったときのステイタスが違う。幼虫も緑に黒い横じま。その上に赤い斑点。どこが保護色かと思わせる毒々しい風体は、セリ科の細かい葉の上では同化する不思議な魅力もあわせ持っていた。ただ、担任だけは、一挙に2種の幼虫が、しかも大量に運び込まれたことに戸惑っている。キアゲハは大きな水槽で飼うことになった。

「うちの庭の＊ハローの木（サンショウ）にはアゲハもおる。明日、持ってくる」

辰夫は有頂天だ。ボクといちばん親しいだけに、ライバル心も強い。姐さんをめぐっても妙な三角関係が生まれ、複雑な気持ちだ。彼はさらに、よろず屋の次男坊らしい詳細を見せつけた。

アゲハ類にも、コバチやヒメバチなどが寄生する。それがアオムシとは違い、幼虫から羽化したときに判明する。蛹《さなぎ》を軽く曲げてみて、腹が動かない、元に戻らない場合はまずヤラレている。内臓にウジが巣食っているのだ。このウジはサシにも満たない全長4㎜ほどの貧弱な姿だが、川釣りの抜群の特効エサなのだった。針先でひっかくように3つつければ、ハヤ、オイカワ、小さなアユまでが、一発で飛び

＊ハローの木（サンショウ）
山椒の葉はまるで練り歯磨きの匂いがしたのでそう呼んでいた。ハローは花王のハミガキで、正式商品名は「ガードハロー」。

かかる。彼は、そんな蛹を釣り好きの父親に渡して、二重のバイト代を稼いだのだ。

「ワシは一石三鳥やて！」

ところが、教室の水槽に入れた幼虫の1匹に異変が起きたのである。コロリとした便が次第に軟らかくなり、酸っぱい臭いが立ちのぼった。肛門が汚れ、体もしぼんで黒ずんできた。

「なにかの病気じゃないか？」

あわてて取り出したときには、もう遅かった。2匹、3匹と黒ずんでいき、あっという間に全滅したのだ。辰夫が調子に乗ってキアゲハにアゲハを足したために、バクテリアが発生したらしいとあとで聞かされた。食草の違いは即ち生活環境の違いであり、互いに強い感染症を患ったのだという。

このあとも、ボクらは姐さんの幼虫捕りを手伝ったが、収穫はキャベツ、ニンジン、ミツバなど、穴の開いた葉を捨てる場所に、まとめて放した。そして10円玉は二度と受け取らなかった。

青虫吐息

堰堤の黙示録

一度味わうとやめられなくなるのが、「かっぱえびせん」と魚の手摑みだ。堰堤《えんてい》がポイントの場合、チャンスは増水時にやってくる。秋雨前線の停滞が長引くにつれ、煩悩《ぼんのう》のボルテージは天井知らずで上がり続けるのだった。

学校では筆箱が魚の代わりだった。スチール机のなかに筆箱を入れて、重ねた教科書の奥へ隠す。複雑な地形を両手でなぞりながら、魚を手摑みするシミュレーションに耽《ふけ》るのだ。

ハヤのくねり、オスのオイカワのアタマの突起、アユの*オバQくちびる……。〝あっ、痛い！〟と手を引っ込めるのは、乾いて固まった習字の筆先に触れたとき。これはモクズガニのハサミなのだ。想像をたくましくするにつれ、石裏の攻防は激しさを増す。つい、机の上に顎を載せるポーズになり、我にかえると、いつも筆箱を持ったまま、廊下に立たされていた。

＊オバQくちびる
『週刊少年サンデー』の人気漫画『オバケのQ太郎』の主人公Qちゃんの厚いクチビルが、アユの口まわりに似ているため。

「魚の手摑みがいちばん楽しいげちゃ」

辰夫がいえば、兄の洋一は続ける。

「暖かかったら手摑み、寒けりゃ釣りやちゃ、でも結局好きなのは、手摑みかなあ」

*立てらかしをよく慰めに来てくれた同好の兄弟。

魚の手摑みは、掌の触覚をむしばむ一種の感染症である。これに罹《かか》ると、四六時中なにかに触れていないと間がもたない。幸か不幸か、その年、北陸には秋雨前線が停滞した。長雨は、手摑みに絶好の条件を提供してくれる。ビョーキは重症となり、廊下に立つ回数は加速度的に増えた。川の増水と濁りばかり気にかかり、両腕を前に突き出して歩く癖が出る。集落は、農作物の出荷や奉納祭、里神楽《さとかぐら》、運動会と行事が目白押しの時期。その繁忙を尻目に、嬉々《きき》として川へ通った。

朝。登校の際に川の堰堤へ迂回《うかい》して、水量と濁りを見ておく。下校時に変化を確認するためだ。土砂を多く含んだ水がゆっくり流入してくると、*淵やトロ場など深場が酸欠状態になる。魚たちは、酸素を求めて堰堤のスロープ下などに集まるのだった。理想的な濁りパターンは「ささ濁り」のちミルクティーの色。それも、できるだけじわじわがいい。さらに、太陽が出て、ちょっとでも水温が上がると、群れはより大きくなった。もっとも、このパターンは雪解け、梅雨など増水時の定石である。秋の長雨の魅力は、錆《さび》を浮かせて落ちてくるアユが、「両手に花」と触れ

＊立てらかし
教室の内外で立ったまま授業を受ける罰。

＊淵やトロ場
淵は川岸で急激に深くなっているところ。トロ場は流れの速い沢に対して、傾斜や石などによって流れのゆるくなった場所。

ることだった。

そのT堰堤は、川の水を扇状地の田んぼへ引くために造られていた。昭和の初期から戦後の農地改革のころに築堤されたもので、片側には小さな水門がある。せき止められた水はスロープを滑り降りたあと、いったんフラットになり、再び一段落ちる構造である。このフラットな部分がひとつのポイントで、長年の流れ込みによってコンクリの底と脇がえぐられている。その窪みで塊になった魚たちが、スロープに向かってジャンプを繰り返していた。

待ちに待った下校時、パンツ一丁になると、魚のぬめり対策に脱いだくつ下を手にはめた。親指がかかと、残り4本がつま先にくれば、動かしやすい。土踏まずの部分で魚体を包むようにするわけだ。しばらく両手を水につけて川底をこするのが準備運動。手の体温を冷やすと同時に、くつ下にコケをつけてなるべく水底の色と同化させるのだ。手が冷えたら底にヒジをつき、ヒザをついて、ゆっくり腹這いになる。ここがいちばん辛《つら》いときであり、また武者震いのときだった。

あとは、流れに顔を向けている魚を背後から押さえ込んでいく要領だ。群れを散らさぬよう、欲ばらず1尾ずつつかんで、魚種を確認。カニの横這いで移動しながら、ウグイやオイカワ、アブラハヤはどんどん下流へ逃す。アユの場合は時々、持ち帰ることがあった。いちいち川岸に戻るのが面倒なので、腰からヒモで吊るした木綿の体操着袋に入れた。間口が巾着になった母親の手製だ。

そしてクライマックスは、堰堤の中央につけられた魚道《ぎょどう》だった。丸太を重ねて階段状に組んだ、大きな水槽の段々畑のようになっていた。80㎝ほどの水深で、腰を折って頭からざぶりと行く。水泡につつまれ川に抱かれているような気持ちになる。大きく抱えるように内側のヘリをさらうと、まさに「*魚の風呂」であった。酸素を求めて遡上《そじょう》したウグイたちとは別に、増水で流されてきた、カマツカ、グズ(ドンコ)、フナ、ナマズが溜まっていることもある。上り、下りの峠茶屋《スクランブル》‼しかも、あふれ落ちる濁り水の煙幕で、魚はつかんでもつかんでも散っていかない。触られた魚はいったんは離れるものの太い帯のような態勢にすぐに戻るのである。この風呂に一度でも浸かると、不治の病になるのだった。

その日は、朝から不思議な天気だった。西のほうで雷が鳴ったかと思えば薄日が射し、午前中は*狐の嫁入りが続く。昼過ぎに厚い雲が来たものの、一瞬強く降っ

＊魚の風呂
水より魚が多いと感じた状態をそう呼んだ。産卵時期の流れに顔を向けた状態や下降時にも起こるが、魚が酸素をより取り入れようとしている状態でも起こるのではないかと考える。両手をさし入れているだけでゾクゾクする。

＊狐の嫁入り
雨降りなのに斜め陽が射しているような状態。いわゆる天気雨。こういう不思議な天気のときに狐は結婚式を挙げるという言い伝え。

ただけで遠ざかり、下校のころには久しぶりの秋空が広がっていた。川の水温が上がるには、理想的な展開である。水量、濁りも十分期待できる状態で、ボクは河原土手の道を堰堤へと急いだ。

もちろん、増水時の堰堤は、家では御法度《ごはっと》であった。とくに父は幼いころ、近所の友達を鉄砲水で亡くし「堰堤は上が見えないから怖い」が口ぐせだった。ボクはいつも「魚獲りは用水でやってる」とウソをつき、バレないようアユは持ち帰らなかった。親しかった「農協の姐《ねえ》さん」に袋ごとあずけ、好みの菓子と交換して帰宅していたのだ。

堰堤には先客がいた。常連の高田である。同じ集落に住む中学生だが、会話をしたことはほとんどない。年がひとつ違うこともあるが、釣りと同様、技術のレベルが近いため、お互い一定の距離を置こうとするのだ。たとえば先客がいる場合、自分はスロープの上を渡って反対側から川へ入る……という具合。かといって時々顔を上げて、相手の技を覗き見る、そんな関係だった。彼は、土手の傾斜に腰かけて上流を眺めている。川へ入る様子がなかったので、ボクが出し抜くかたちで服を脱いだ。

ところが、魚の溜まり具合は、期待を大きく裏切った。スロープ下のえぐれや凹みを丁寧にさぐったところで、ヒレひとつ触らない。たとえ魚の群れが小さくとも、腹這いになっていれば体のどこかに当たるものなのだ。横へ移動しながら、たまに小さなウグイを押さえるのみだった。高田はこれをわかっていて川へ入らないのか？　そう思うと口惜しくなり闇くもに這い回ったが、結果は同じであった。

あと、残された砦《とりで》は段々の魚道のみ。ボクは大きく息を吸い込み、「水槽」に顔をつけようとしたところで体が止まった。水の色がミルクティーから、くすんだウグイス色になっていたからだ。さらに流れ落ちてくる量も、極端に減っている。澄んだ通常の流れよりも少ないかもしれない。土手の傾斜に座っていた高田が学生ズボンのまま、川へ入ってきたのは、そのときだった。

「オイ、戻れや、ヤバイかもしれん」

高田に指示されるまま、堰堤の脇に置いたカバンや服をひっつかむと、土手へ駆け上がった。

間もなく、ココア色の〝波〟がやってきた。と同時に、波頭からいろんなモノがもんどり打ってきた。根をつけたままの大木、丸太、ポリバケツ、農薬や尿素の袋、そして大量のススキやカヤの塊……堰堤はまたたく間に飲み込まれ、スロープをたくさんの大きな石が転がり落ちる音がする。堰堤の段差がなくなるほどの流れを見たのは初めてのことだった。

「上流でかなり降ったみたいやさけえ。崖くずれでも起きて川を止めとったんや。

それが耐えきれなくなって決壊したのだと思う」

淡々と話す高田を見て、ライバル心など吹っ飛んだ。ボクは震えていた。助かった……。

「明日ここきてみ。面白いかもしれん」と高田は続けた。

翌日、水の引いた堰堤は、丸太で段差状に組まれていた魚道がなくなり、水はストレートに落ちていた。さらに、フラットな部分からもう一段落ちた深場に流されてきた大きな石と多量の砂が溜まっている。これまで深過ぎてとても手が出なかった場所だ。壊れた魚道の水が勢いよくそこに流れ込んでいる。脇のヨドミは新しい「魚の風呂」ができていた。

ビッグ・ウェンズデー!

イッポンシメジで一本《ノックアウト》！

有毒のイッポンシメジも、きちんと処理すれば食べられる⁉

——科学的根拠は明らかでないが、いまも伝わる地域の「食文化」だ。ある年の暮れ、たったひとつのうっかりミスが、惨劇を招いた。


「クルマ買い換えてん。月賦やけど、今度のはすごいちゃ」

彼は、ボクと家族を表へ連れ出すと、ボンネットをポンポン叩きながら胸を張った。つやつやと輝くあずき色のボディ。ドアの横には、屋号と電話番号が大きく書かれている。さらに助手席へボクを招き入れると、ハンドルを握って子供のようにはしゃいだ。

「中村医院のジープと一緒やぞ。4輪駆動やさけ前輪も掻くげ。ぬかるみや雪道もバンバンやちゃ（完璧だ）」

ボクには〝地味なライトバン〟にしか見えなかったが、彼の興奮ぶりは尋常ではなかった。

1972年の晩秋。吉岡クリーニング店の若い主人は、大きな勝負に出た。仕事の足を、パブリカ・バンから、登場間もないレオーネ・ツーリング・ワゴンに替えたのだ。石川県といえば、*前田利家《まえだとしいえ》以来の名古屋人支配の地。いわずと知れたトヨタ王国だ。そのなかにあって、今日でも熱烈なスバル信奉者《ハヤブサファン》が多いのは、レオーネの功績をおいてない。このクルマは発売当初から、北陸の水を含んだシャバシャバのもつれる雪にとにかく〝強い〟というふれ込みだった。

もっとも、彼の勝負が商売繁盛につながらないことは、ボクたちにわかってはいた。彼のキレた走りは、キノコ狩りや魚獲りに奔走するときだけのものは明らかだからだ。まだ自動車専用道のなかった当時。松茸《まつたけ》を求めて*能登穴水《のとあなみず》まで1時間半で行っただの、白山麓のナメコ採りの場所までが55分だのと、たたんだ洗濯物がバラバラになる走りをする。ただ、口ほどの収穫は必ず持ち帰り、顧客にふるまうのだ。そして時雨《しぐれ》とみぞれに山道がぬかるむこの季節。「*村はずれのパラノイア」が新車投入までして意気込んだのは、コッサ、もしくはコッサカブリと呼ぶクリフウセンタケ。その傍らに時々お目見えするイッポンシメジという毒キノコだった。

ボクの集落では、これを〝かっぱ〟と呼んでいた。そのぽつねんと生える姿が合羽に似ていたのだろう。雑木の小山の稜線付近に多く、とくに時雨の晴れ間が狙い

＊前田利家
戦国大名。名古屋荒子の出身だが、織田信長の命令により加賀藩の初代藩主となる。妻のまつと長男利長によって参勤交代の制度を先駆けた。

＊能登穴水
名前のとおり、能登の山水が海へ流れ込むリアス地形の街。輪島と珠洲（すず）に分かれる奥能登分岐の街でもある。

＊村はずれのパラノイア
どんな小さな田舎町でもひとりはいる、一芸に秀でたひと筋縄ではいかない奇人超人をリスペクトしての表現。

目。採集は摘む、というより〝握って捩《ねじ》る〟感触だ。大きなこげ茶色の笠と力士の太股《ふともも》のような逞《たくま》しい柄は、晩秋の林床《りんしょう》ではよく目立った。

朝一番に富山県境へ向けてクルマを走らせ、行けるとこまで行く。目星をつけた山の稜線までイノシシのように駆け上がり、ダメなら下りて次の山。靴の泥を払うこともなく、クルマはすぐに商売道具ではなくなっていく。それも構わないで急ぐのは、先行者へのいたたまれない懸念であった。彼いわく、「芋掘りの連中に、遊びで採られるのはたまらん」。

ボクには、なにが遊びで、なにが本気《マジ》かはわからなかったが、かっぱ山師《やまし》の気概だと受け止めた。

かっぱに良く似た単独型の大型シメジには、ウラベニホテイ（食）やクサウラベニタケ（毒）がある。酷似《こくじ》による中毒例の定番コンビだが、ともに北陸の里山には少ない。従って大型シメジといえばハナっから〝毒〟だと決めてかかればいいわけだ。そんな割り切りから解毒方法が考え出され、裏山の隠れ人気キノコになっていた。まず、笠や柄をタンザク状に切りおろす。太い柄は、タテ4等分が妥当だ。これを海水に近い濃いめの塩水で30分以上煮立てたあと、冷水でいったんしめる。さらに塩水に漬け込んで2週間すれば、毒がほぼ抜けると考えられていた。ボクには、かっぱを漬ける白い瓶《かめ》が骨壷《こつつぼ》に思えて不気味だったが、家では正月用の食材と

お毒見

して、とても活躍していた。

鴨肉と一緒に煮る「*じぶ煮」。釣りと狩りが大好きだった前田家のアウトドア料理とされるが、シイタケよりもかっぱが合う。また、京懐石の流れを汲む「アイナメとの炊き合わせ」にも、上品なコクを抽出していた。もっとも、そのまま酒の肴《さかな》としても左利きが血圧を上げる口あたり。農閑期の農家の主人が酒で倒れたと聞けば、肴はコレか「ふぐの粕漬け」である。ふぐは酒粕《さけかす》を発酵させることで毒を抜く金沢特有の食べ方で、腹子《はらこ》までも珍重する。いずれにせよ、人様《ひとさま》が禁忌《タブー》とするモノを工夫して食すという妙な優越感が育んだ産物。吉岡クリーニングの主人はいつも「これが加賀百万石の伝統や」と吠えていたが、伝統をつくった先人たちは、命懸け。それを探すカミカゼ運転も、これまた命懸けなのだった。


もうすぐ年が明ける12月30日だった。母は午後からおせちの準備にとりかかり、ボクは傍らでつまみ喰いの邪魔を繰り返していた。この年のかっぱの収穫は、さすがレオーネ効果ともいうべきか、我が家の瓶は5つに達していた。そのうちのひと瓶を、薄暗い納屋から取り出してくると、ボクはさっそく口に入れて〝吟味〟していた。

しんなりと歯がめり込んでいく嚙《か》み心地とシメジ特有の香味。これがかっぱの身

＊じぶ煮
治部煮とも書く。鴨肉と麩（ふ）を煮込んだ石川県の郷土料理。

上だ。弾力のある笠のタンザクは、塩味も効いて咀嚼《そしゃく》に飽きがこない。1本、また1本と食べてしまうあんばいだ。ところが、この日はいつもと少々違うように感じた。

歯応えが若干硬いのと、塩があまり効いていないのだ。口のなかに生臭さが残る。柄の部分も咀嚼に時間がかかり、飲み込むときに引っかかりがある。ちょうど、ゴボウをあまり嚙まないで食べるような違和感だった。

「表面はすべすべなんに、変やぞ」

ボクにいわれて、2本、3本と食べてみた母。ただ、ひと言。

「うーん、私にはわからんわ」

そのあとも、いやしいふたりは台

所で首をかしげながら、タンザクのつまみ喰いを続けたのだった。

夕刻、最初は風邪をひいたのかと思っていた。少し寒気がして、ヒジや足のつけ根が痛い。しばらく炬燵に潜っていたら、激しい吐き気が襲ってきた。次から次へと唾液がこみあげてきて、どれだけもどしても嘔吐感は引かない。みぞおちからノドにかけて、太い棒が入っているような苦しさだった。さらに腹が張ったような痛みも加わり、肩や首が引きつってくる。便所へ行ったがナニも出ず、ひたすら上からのみ。母も炬燵の脇でくの字だった。

父は事態を把握したが、運転免許がない。半泣きになった姉は、中村医院に電話するも、誰も出ない。救急車を呼ぶといったが、母は「それだけは堪忍《かんにん》して」とすがった。暮れも忙しいときに、毒キノコを食べて大当たりなぞ、*大正女性の生き恥と思ったのか。

運が良かったのは、そこに吉岡クリーニングの主人が〝本年最後の便〟で回ってきたことだ。彼は即座に後部座席を片づけると、ボクらを乗せて市内の病院へ向かってくれた。外はかなり激しく雪が降っていたが、自慢の新車は雪の轍《わだち》をオンザレールで突っ走った。

「4週間も漬けたんに、おっかしいな」

首をかしげてつぶやく吉岡クリーニング店の主人。息もたえだえの母がなんとか

＊大正女性の生き恥 昔の人はよくこういう表現で自らの不手際を詫（わ）びたり責任を取ろうとした。大妻女子大学の建学の祖である大妻コタカ「恥を知れ」の校訓は有名。

答えた。

「茹でるの忘れとったわ……」

「そりゃ奥さん、1本抜けとるで」

病院で点滴を受けながら紅白歌合戦を見たのは、後にも先にもない。

クズ野郎の仕業

ヒモを見るとなにか縛りたくなる、というのは、一部マニアに限らず人類共通の心理のようだ。「特殊なプレイ」なんてモノを知らない子供たちも、クズのツルには触発された。ナントカごっこは、やがて拉致《らち》監禁事件に発展する!?

「まあちゃん、うちの久和を見んかったけえ?」

吉川のばあさんの声に、思わず息を呑《の》んだ。ちょうど夕食を食べ終え、風呂を沸かしていた時刻である。ボクは縁側で*仮面ライダーカードの整理をしていたのだった。

「知らん。今日は見とらんわ。ワシは洋一や辰夫と一緒やったさけえ」

必死でとりつくろったものの、胸が圧迫されて息苦しい。手足も震えた。母が不安な顔でしつこく問い詰めてきたが、「知らん」を繰り返した。ばあさんは久和の母である〝嫁〟に相当叱られたらしく、憔悴《しょうすい》しきっている。さらに表からは、近

＊仮面ライダーカード
カルビースナックのオマケクジとしてついてきた。ラッキーカードが出るとアルバムをもらえて、順番に並べて整理することができた。

所の大人たちが久和を捜す算段をつけているのが聞こえた。

「学校の宿直の先生には聞いたんか？」

「駐在さんにも電話したほうがええ」

動悸《どうき》がますます激しくなった。父が浴衣《ゆかた》を脱ぎ、作業ズボンにはき替える。台所の棚から懐中電灯を取り出すと、外へ出て行った。ボクは、そのどさくさにまぎれて便所へ行くふりをする。母の様子を見計らい、裏の勝手口から抜け出したのだった。


陽はすっかり落ちていたが、河原までの最短コースをとった。屋敷森を抜けたあと、竹やぶの段差を飛び降りて集落の共同墓地を突っきった。無縁仏の古い墓石をいくつか倒したが、気にしない。幅２ｍはある農業用水を飛び越えてからは、稲穂の実った田んぼ脇の小径《こみち》を全力疾走した。なにがなんでも、大人たちより先に、久和を〝発見〟しなくてはならなかった。


その日の、下校時のことだ。堰堤でウグイを捕まえたあと、ボクらはしおしおと河原の土手を家へ向かっていた。魚獲りのあとの家路は、興奮と寂しさがないまぜの気分になりがちだ。そんな空気を打ち破るように、辰夫がクズのツルを引き抜いたことから、一丁やるか、ということになった。

「ムチ打ち合戦」である。

敵、味方に分かれ、クズのツルを振って相手と渡り合う。とても単純な合戦だが、素材選びから振り方、そして顔面に当たったときの激痛も含めて、里山の肉躍るファイティング・ゲームだった。当然、ゲームなのでルールはある。3回打たれたら死ぬ。また、足場の悪い荒地や休耕地が合戦場となるため、転倒も1回打たれたことに数えられた。

まず、土手の斜面を覆うクズから、2年目のツルをねじり切った。太い多年の幹から枝分かれした、緑と茶色が混在した部分だ。多年のツルは根付きが多いため、とても剝がせないし、一年目のツルは細くヤワでムチにならない。適当な水分の重みと年輪による強度を備えた2年モノこそが、絶妙なしなりを約束した。花や葉柄をむしり落としたら、長さを揃える。当時のボクらの背丈では、4m前後が妥当だった。

打ち方は、振ったときと、手前に引いたときのリズムでムチに勢いをつける。フライフィッシングにも似た要領だ。

上げた腕を1時の位置で止めて、ムチのしなりの動きが把握できれば、あとは手数の勝負となる。このとき、両脚を前後に開き、打ち込みに同調させたホップで前進する。これで一定の*弾幕《だんまく》を張りながら、相手に切り込めるのだ。

ところが、どれだけやってもコツがつかめない奴がいた。久和である。両手にツルを持ち〝二刀流〟と称して滅茶苦茶に振り回すだけなのだ。彼には一学年下というハンデもある。ただ、この日は、いつもより多くツルを振り回したせいで、まるでスプリンクラーのように飛んできて、近づけないでいた。〝窮鼠《きゅうそ》が猫を噛む〟状態だろうか。その異様なねばりが、詰め寄るボクらに残忍な気持ちを芽生えさせてきたのは事実だ。

「*羽柴殿《はしばどの》、この謀叛人《むほんにん》は拙者《せっしゃ》にまかせられい!!」

辰夫がスプリンクラーへ突進したのを機に、ボクと洋一は一気になだれ込んだ。ここで〝降参〟といえばゲームセットだったが、久和はなおも抵抗した。ならばこうじゃ、と、辰夫がツルを体に巻きつけたことで、みんなで縛っちまおうということになったのだ。久和の味方である幸二《こうじ》や弘《ひろし》までが含み笑いしていた。即座に寝返り、暴れる体を押さえつけた。胴体と腕をぐるぐる巻きにして、後ろ手にした手首、そして足首までツルをかけた。器用な洋一は、ツルを股の間に通して上へ持ち上げ、胸元に巻いたツルにクロスさせて結んだ。家業よろず屋での長男としての日

＊弾幕を張りながら
着弾したことによる効果のある範囲。ここではしなるムチの射程内の意味をさす。

＊羽柴殿
豊臣秀吉の旧姓。三英傑のひとり。他2名は織田信長と徳川家康。

頃の手伝いが冴えている。

当時、*電気アンマに代表される股への攻撃は、我慢のしようがない底なしの恐怖だった。久和は「やめて」「*こそがしい」を繰り返したが、誰も手をゆるめない。さらに縛り上げた久和をかついで御輿《みこし》をしたあげく、ススキの株の間にゴロンと寝かして快哉《かいさい》を叫んだのである。

「これにて、一件落着!!」

問題はこのあとだった。ボクらは、わめく久和を尻目に、キリギリスを捕りはじめた。帰るときにはツルをほどくつもりでいたが、つい次の遊びに熱が入ってしまっていたのである。ススキの株をあちこちまさぐるうちに、すっかり忘れて帰宅したのだ。


河原脇の荒地に辿り着くと、ゲゲっ! 久和は冷たくなっていた。かなりもがいたらしく、ススキの株から出て、横の低い草の上で〝くの字〟になっている。夜露と涙で濡れて冷たかったのだ。

「スマン、久和、スマン、スマン……」

体を揺すっても、彼は目をつぶったまま、ウッウッと小さく泣くばかりだ。ボクは手さぐりで結び目を捜した。

＊電気アンマ 仰向けになった相手の両足を持ち股間につま先を入れて刺激を与える。相手はくすぐったくて息ができなくなる危険な技。

＊こそがしい 「くすぐったい」の意。

ところが、月明かりに照らされた久和の体をいま一度確認して、再び息を呑んでしまった。ボッチャリとした久和の体が、ヒモを巻かれた焼豚《チャーシュー》のような食い込みのある様態となっていたからだ。ツルが乾燥したことで縮んだのである。結び目もガッチリと固着し、とても指が入らない。それに月明かりだけでは、結び目がどのツルにあたるのかも判別できなかった。とくに喰い込みがタイトなのは、股をくぐらせた1本だ。半ズボンの股上をグイグイと巻き込んで、ツルに触れている太股の部分が赤黒くなっている。久和がくの字になっている理由に、ボクはますます動転した。

引きちぎれないかと掌を差し込んでみたが、久和は悲鳴をあげる。せめて灯《ひ》のある場所まで運ぼうともしたが、ひきずるのが精一杯。彼はさらに大声を出して泣きじゃくった。まわりをつつむウマオイの声と相乗して、ますます焦りがつのる。「ごめん」と「スマン」を繰り返すばかり。久和の体を、表にしたり、裏にしたりするうち、ボクも涙が出てくるのだった。さらに、これが発覚したときの仕置きを想像すると、自分も体を縛りたい心境になった。

その時、だった。土手の道を懐中電灯を持って走ってくる人影があった。身をふせて隠れたが、斜面を駆け降りて近づいてくる。これでしまいか、と観念したが、月明かりに現れたのは洋一と辰夫の青白い顔であった。ふたりとも寝巻きのままだ。

「みんな大騒ぎで久和を捜しとっぞ。ワシらは窓から出てきてん」

肩で息をする裸足《はだし》の洋一。手には剪定バサミを握りしめていた。

ツルを切ったあと、ボクらは久和に心から謝った。そして証拠隠滅のために、久和と取引したのである。彼の持っていない仮面ライダーカードの欠番を、３人でできるだけ補填するという条件。さらに、ひとり1枚ずつラッキーカードを供出することで、彼はようやく泣きやんだのだった。

久和は〝男〟だった。カードの取引があったとはいえ約束を守ったのである。土手から転がって動けなくなっていた――と、あまりにも見えすいたウソをいったのだった。しかし、家の者や集落の大人たちが、彼の無事を心から喜び、それ以上の追求をしなかったことが、ボクらに幸いした。

現在、久和は市内で「梱包《こんぽう》」を専門とする会社に勤めている。

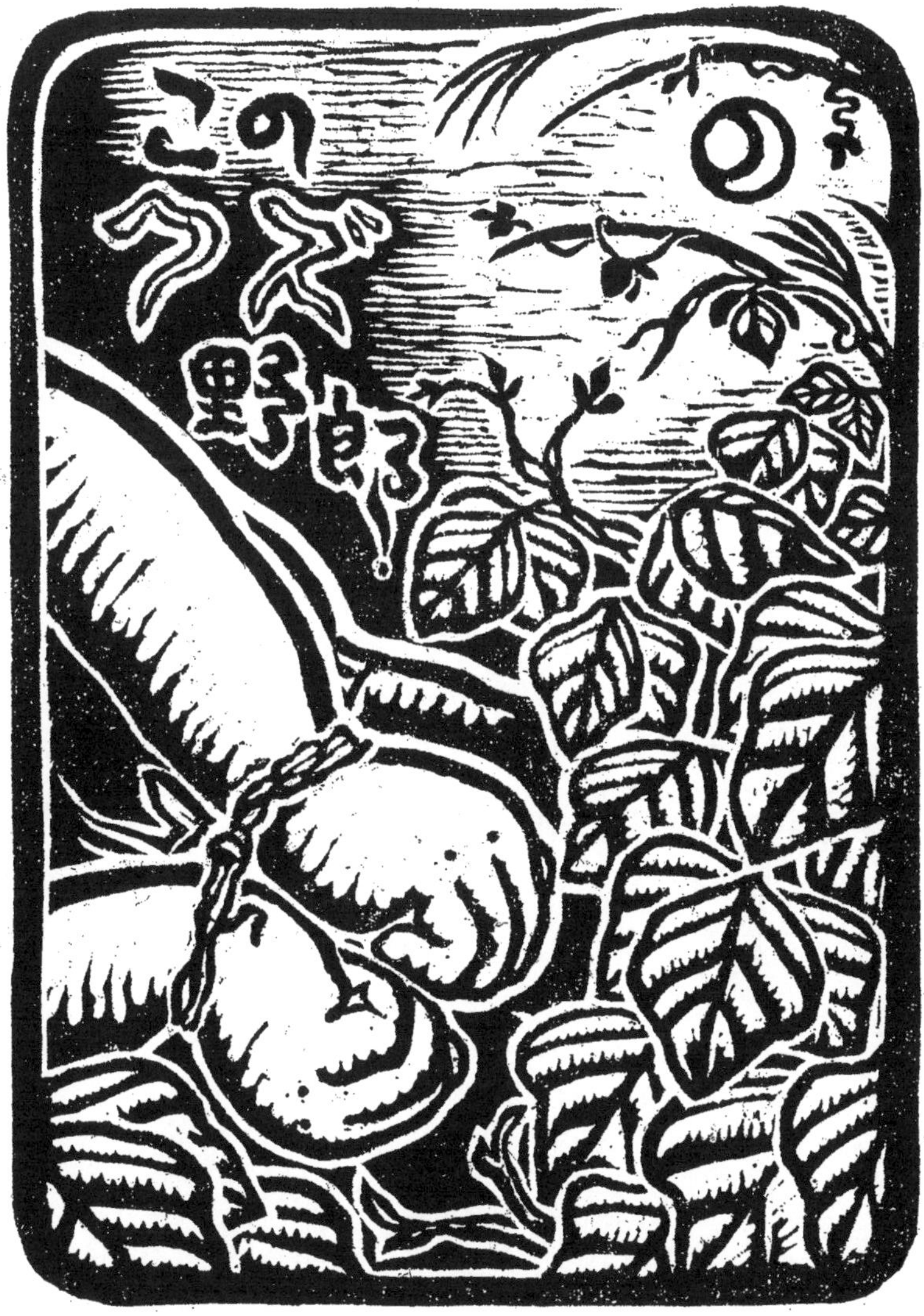
このクズ野郎

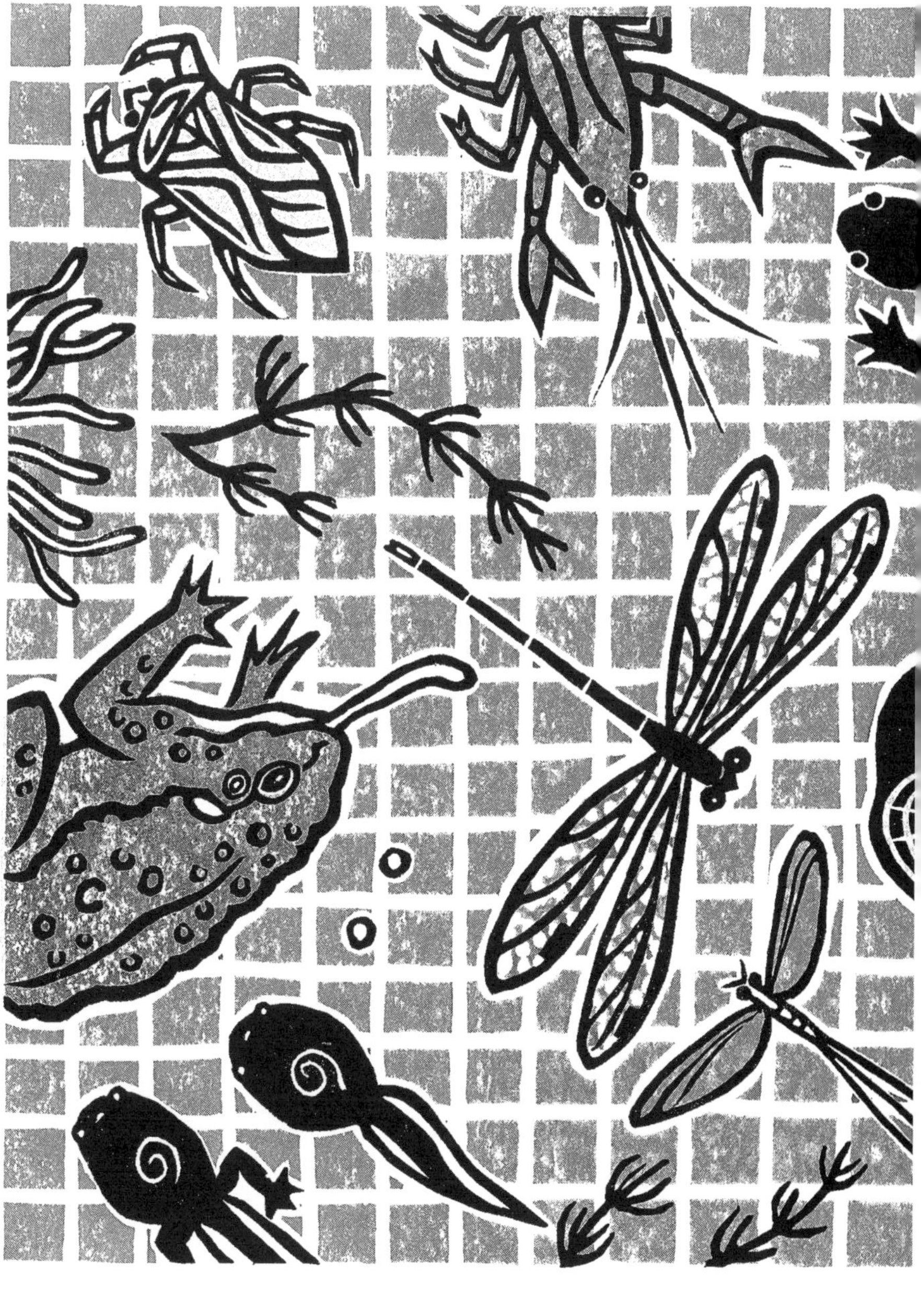

溜め池の鵜飼い大作戦

ミヤマ、ノコギリ狙いの水銀灯巡りには、もれなくゲンゴロウが付いてくる。期待度最大・落胆度最高のこの外道《げどう》に、ある日、極秘任務が命じられた。果たして「ゲンゴロ鵜《う》」の漁果はいかに？

草いきれの残り香を嗅ぎながら、青白い灯を見つめていた。顔にふりかかる蛾の鱗粉《りんぷん》やまとわりつく羽虫《はむし》、運悪くカメムシのスプレーを浴びることもある。風呂上がりを後悔しながら待ち続けると、甲虫の野太い羽音が聴こえてきた。

7月に入ると、〝誘蛾灯《ゆうがとう》の狩猟〟が忙しくなった。郵便局と役場の間の広場に集落で唯一の水銀灯があり、定時巡回するのである。日没直後の19時30分を皮切りに、21時30分、23時、翌朝4時30分。周囲の植え込みをまさぐり、灯の横の木を揺らしたあとは、しばし光球を眺めて待つ。虫の光球に当たっては離れるリズミカルな音で、だいたいの種類を識別した。

23時。最後になって大本命のミヤマが来たと思った。逞しい胴体と広げた鞘翅《しょうし》の幅。明らかにノコギリのメスより大型だ。ところが、光球に当たったとたん、ガックリと力が抜けた。中身の詰まったソリッド感とはほど遠い、パサリという軽快な音だったからだ。見かけの大きさに思わず期待してしまう釣りでいう外道。ニゴイやボラのような奴だ。

彼は、3回目のパサリの衝撃で墜落すると、仰向けのままもがいた。後脚で地面を激しく蹴って戻ろうとするものの、ブレイクダンスの繰り返し。剛毛まで生えた自慢の後脚も、陸上では勝手が違うらしい。朝になって、まずカラスの餌食《えじき》になるのが彼だ。いつもなら表に戻して帰路につくが、翌日、釣りをする約束を思い出した。山吹色の縁取りのある大きな漆黒の虫を、初めて持ち帰ったのである。

翌朝、裏山の堤へ向かう。谷間の山水をせき止めた灌漑用の溜め池だ。彼をここへ放す前に、試してみたいことがあった。竹竿には、いつものフナ釣り仕掛けではなく、木綿糸をつけてある。ちちわ結びの輪に彼の後脚を通すと、ゆっくりゆっくりクレーンのように吊り上げ、菱の切れ目へ入れてみた。

しかし、水を得た魚とはいかない。糸をつけた脚に負担があるのか、円を描くように泳いで、糸にヨリばかりがつく。いったん、上げてちちわを胴に通してみたが、つやつやした彼の鞘翅ではスルリと抜ける。さらに胸部と胴部の隙間が極端に狭いことで、引っ掛かりもないのだ。仕方なく、この僅かな隙間に、糸をしめらせて三重で巻く。まわしのようになってしまったが、ちょっぴり固く結ぶとズレなくなった。

再び吊り上げ、水へ入れたとたん、ゾクリとした。予想を超える力強さだ。今度はグイグイと底へ潜っていく。それが、2・4mの竹竿を通じても十分に伝わる推進力なのだ。後脚のカセがなくなったことで、前脚の動きとのバランスもとれている。糸の微妙なテンションを保ち、竿の先を泳ぐ方向へ向ければ、彼はどこまでもいく。菱の長く伸びた根に、からまないのが不思議なくらいだ。逆に竿先を確実に止めると、糸が次第にゆるむ。引っぱるのをあきらめて彼が脚を止めたため、浮上してくるからだ。手元に伝わる水中の一挙手一投足。それを片手で操る感覚に、ただ、ただ、没頭した。

「まあちゃん、朝から*ポカン釣りか?」

遅れてやってきた、辰夫と洋一。仕掛けにウキがないのを見て、カエルを泳がせ

***ポカン釣り**
小魚やカエルを水面に泳がせておもにナマズを狙う釣り方。ポカンとは、表層に浮かぶエサの様子や、ナマズがエサをくわえた瞬間の描写の語感が文字になったものではないだろうか。

ているとおもったのである。


ていると思ったのである。

「鵜飼いや。ゲンゴロウで鵜飼いや」

ふたりが顔を見合わせた、そのとき、これまでにない強い引きが来た。反射的に竿先を下げて、糸をゆるめる。水中でなにかが起きている。予感がした。5秒ほど経って、ゆっくり浮上してきた彼は、前脚でオタマジャクシを抱えていたのだ。

「ウソやろ！　奇跡や、奇跡！」

早朝の溜め池で大声を張り上げるふたり。ボクこそ声も出ない。脚の出てきた大きなオタマジャクシを、器用に抱きかかえ、すかさず口を使おうとしている。昨夜の水銀灯下のていたらくとは、まったく別人だ。

新しい水辺の遊びが、またひとつ増えたのは確かである。翌朝から、辰夫、洋一も、フナ釣りの仕掛けを外し、メリケン粉ダンゴの代わりに、ゲンゴロウを連れてきた。さらに3日も経つと、溜め池の鵜匠は6人に達した。

「お前らダラか。オタマジャクシがかわいそうやないか」

と、最初はたしなめていた中学生も、いつの間にか堤の対岸にいる。それで、

「カエルでナマズを釣るよりも、ちょっとだけいいかもな」

これまで泳がせてきたのは釣りエサ。伝わってきたのはナマズから逃げるカエルの悲愴な手応えだ。対してゲンゴロウはれっきとした相棒なのである。獲物を追っ

ていく事の次第。勢いよく走れば、竿先を送り込む。もっともっと糸をゆるめてくれてやる。このプロセスの面白さもさることながら、昆虫と、木綿糸一本で交わす*「兄弟船」的境地に魅かれたのだ。獲物は当然、彼の所有となる。そして、一尾を獲った時点で、糸を外して堤に戻してやることも決めた。

おかげで、水銀灯の巡視は23時が絶対に外せなくなった。ふた山越えてくるミヤマと同様、彼らはおそらく水辺で身支度を整えて飛んでくる、深夜帯《ミッドナイト》の客だ。もしくは早朝4時30分を、さらに1時間切り上げた。カラスに先んずるためだ。毎年、7月のはじめは睡眠不足で学校が辛い。夏休み直前に担任の心証を悪くして、通知簿にとどめを刺した。今年はそこに鵜飼いも加わったことで、みんな相当な覚悟のいる楽しい7月になった。

ところが、20日を過ぎたあたりから、漁（?）がぱったり止まった。というより、いないのである。繁茂する菱をひきずり上げてエリア拡大も試みたが、ひとつとして獲れない。オタマジャクシがすべてカエルになったのだった。こうなると、糸つきのゲンゴロウが捕獲できる生き物はかなり厳しくなった。

「コイツなら、メダカもモロコも一発やて。キンブナもいけるかもしれん」

辰夫が、6cm級のタガメを捕まえたのは、そんなときである。みんなのせん望を浴びながら、意気揚々と最強の水生昆虫を送り込む。しかし、就餌スタイルの違い

*「兄弟船」
伊勢湾湾口部・三重県鳥羽（とば）市の漁師一家に生まれた鳥羽一郎が、兄弟漁師の気概と契りを歌い上げる名曲。

任務遂行中

から目論見《もくろみ》は外れた。ゲンゴロウは泳ぎながら、水草についた獲物を探す。対してタガメは、水草にじっと隠れての待ち伏せだから、根掛かりするのだ。辰夫は千載一遇のタガメを取り戻そうとパンツ一丁で肩まで浸《つか》った。1匹しかいない*オトリアユを石に引っかけたアユ釣り師のように滑稽《こっけい》な展開だった。

それならと、兄の洋一はザリガニで挑んだ。迫力はあったが強烈な逆ドルフィンキックで砂泥に潜るばかり。水草の根本を攪乱《さくらん》したあげく、ハサミで糸を切って逃げてしまった。

ボクは、ひたすらゲンゴロウで表層をねばった。水温が上昇し、酸素が少なくなると、小さなタモロコが菱の葉影に寄る。せめて、これぐらい獲れるだろうと、水面近くばかりを泳がせたのだ。だが、ここに悲劇が待っていた。同じくモロコを狙って浮上していたライギョが飛びかかったのである。あわてて上げると、黒いまがたまのような体は柔らかく、すでに砕けていた。

＊オトリアユ
アユの友釣りで使う縄張りに入るオトリ役側のアユ。

水と闇《やみ》のバラード

少年たちがこぞって競う〝無頼《ぶらい》の証《あかし》〟は、ある種、大人へのイニシエーションだった。川底歩きがエスカレートした土管くぐりもそのはずだった。あの日、あの〝事件〟さえ起こらなければ……!?

そこは、グラン・ブルーならぬ、ペパーミント・グリーンの世界だった。水深4m。太陽が透過する桜淵《さくらぶち》の底は淡い緑色のセロファンをかけたように見える。上流へ踏み出すたびに砂煙を上げて逃げるカマツカやドンコ。淵の壁では、錆の浮いた落ちアユたちが大きなヒラを打っていた。

川底を一歩また一歩と進む。肺の空気がなくなるに従い、口を引き、歯を食いしばる。川ゴケの味がした。水中メガネに水が入り、視界が白みかけてくる。意地と我慢のもう一歩。悶《もだ》え、あがいて踏み出すあと一歩。最後の一歩は奇声をあげ、抱えていた石を放り出した。

「ワシや、ワシの勝ちやぁ」

水面に顔を出すと川岸から聞こえる仲間の声。仰向けになって流されながら、この次こそはと誓うのだった。

集落の根性比べには2系統あった。たとえば夜中の田んぼのなかの墓所まで行き、談義所小屋（火葬場の跡）に入って10秒数えて戻ってくるなどは精神力が試される。肥溜めのオケのヘリをヤジロベエで歩くとか、オケの中身のカチカチに干上がった人糞肥やしの上に立てるかというのも同様。牙をむいて吠えまくる凶暴犬ホリーにおしっこをかけたらどうなるか？　というのもあった。男に芽生えてくる妙な〝無頼の証〟を競いたくなる。対して、深渕の川底歩きなどは、肉体的な忍耐力勝負、我慢比べの人気種目といえた。

オモリの石は自分の体格に合わせる。*小玉西瓜からバレーボール大ぐらいまでが適当だ。気に入ったマイ・ストーンは、わざわざ手放した川底から回収する奴もいた。両手と腹で支え持ち、決められた岩場から着水する。降下速度が速いため、一度は耳抜きが必要。着底のショックで石を落とさないよう身構えた。

川底に両足が着いてからは、腰をかがめ、流れの抵抗をできるだけ受けないスタイルをとる。ゆるい流れとはいえ、まっすぐに立って遡るのは難しい。小学5年生になると10ｍぐらいが平均。トップを競うには15ｍ付近まで歩いた。

＊小玉西瓜
質量が5kgから7kgの大玉西瓜にたいして、3kg未満の小柄な西瓜をさす。

極めつきは土曜日のナイターだ。昼間とは一転、闇の世界に沈降する。着底までほんの3~4秒のことだが、ほとんどの者がすぐに石を放す。怖さのあまり水に入るまでに息を使い果たすのだ。着底できても4~5歩が精一杯。頭上遥《はる》かに仲間の懐中電灯の光が揺れるのみで、何も見えない。

このとき、流れてきた木の葉や枝などが体に触れると大変だ。ヤツメウナギが吸い付いてきたに違いない……、アカザに刺されるのではないか……。

闇は、いろんな想像を生む。どんなに泳ぎの達者な川猿でも、あわてて溺れることがあるのだ。裏返しになったカメのようにもがく仲間を、懐中電灯の光が捉えたとき、みんな、川岸に転がって笑った。どこからか竹を引っぱってきて、助けるどころか、まわりの水面をひっぱたいているアホまでいる。夜の川は、恐怖とは裏腹の残忍な興奮を呼ぶのだ。

川底歩き競争は、投網《とあみ》を打つ大人にはすこぶる評判が悪かったが、9月いっぱいまで開催した。夜半前、父親が血相を変えて呼びに来ることも、たびたびだった。

秋雨が長びき、川底歩きのできない日が続いていた。桜淵も流速が増し、石を抱いても流されてしまう。引き返そうとしたところで上流のほうにいた辰夫と洋一が面白いことを見つけたと誘いに来た。連れて行かれたのは、河原の土手脇の田んぼだった。

「これ、くぐれるか？　ワシも洋一もできたんや。久和もやった。暗いし、かなり迫力あっぞ」

辰夫が指さしたのは、土手の下に埋めて通してある土管である。田んぼの用水を川へ流すための細かい導流管だ。直径60㎝ぐらいで、長さ20ｍ。出口は浅瀬に注いでいる。管の直径6分目まで増えた茶色い水がグイグイとなかに引き込まれていた。

「お前らダラか。こんなに水があったら、息できんやろが」

たじろぐボクに、ふたりは、それが面白いと相づちを打っている。綿の半袖シャツは、内側の壁でかなり擦ったらしくコケまみれだ。洋一が両腕を突き上げるポーズを取った。

「こういう感じでじっとしとるだけでいいげ。流れが体を運んでくれるさけ。苦しかったら、バタ足でこぐんや」

それまで、何度か土管はくぐっていた。ヒジとヒザを使い、体をよじって進むのだ。だが、水深が10㎝もない通常の水量のときだけ。それでも足から背中を越えてきた水が頭にかかる。口をイーと横に引き、水滴のなかから歯ぐきで息を吸って、出口の光を目指す。這いつくばることもできない窮屈な筒の閉塞感。ヌルヌルの壁の気持ち悪さを克服する我慢比べ。しかし、今度の我慢は状況の違いが明らかだ。

「絶対できるちゃ。向こうで待っとるさけ」

ふたりは、次々と上体から〝穴〟に滑り込んでいった。続いて用水に入るものの、増水でギクリとするほど冷たい。意を決し、水を頭にかけ水中メガネをつける。2度の深呼吸ののち、勢いをつけて穴に突入した。

何も見えなかった。川底歩きのナイターと一緒だが、こっちは潜水遊泳。両腕を前に突き出し、バタ足を続けると速度が乗った。時折、肩や太股が壁に触れるが、確実に土管の中心に浮いている。濁り水のせいで、出口の光はボヤっとかすんでいるだけだ。まだか、まだか、まだか……考えることは、これひとつ。やがてぼやけていた光が照度を増し、トンネルを抜けた。

出口となる川原側の浅瀬は、土管が吐き出す水流で底がえぐれている。ヘッドスライディングすると、待っていたふたりが起こしてくれた。

「な、な、思ったより簡単やろう?」

20mを15秒ぐらいで抜けていた。息つぎはできないが、苦しくなる距離ではない。スリルもあり、フィニッシュが気に入った。もう1回行ってみるかとなる。やがて3本、4本と慣れるに従い、仰向けになったり、体をドリルのように回転させたりもできるようになる。こうして、すっかり「闇のチューブ」にハマったとき、

〝コト〟が起きた。

背中に引っ掻くような痛みが走ったかと思うと同時に、体が止まった。手を回すと、土管の上部から出ている何かしらの突起が触る。それが綿シャツの丸首の後ろの部分に掛かっているようなのだ。引っ張ってはみたものの、簡単には取れそうにもない。あわててはダメだ、と自分に言い聞かせた。少し後ずさりして、袖から腕を抜いてシャツを脱ごうと試みる。ところが、そこへ、さらにとんでもないことが起きた。

後続の洋一がドーンと突っ込んできたのだ。前が見えない洋一はボクの下にちょうど滑り込むかたちで入った。胸部に彼の頭が止まる。直径60㎝の水中に、ふたりの少年が重なったのだ。

彼をなんとか自分の下から通過させようと、必死で身をくねらせるが抜けない。さらに互いにもがき、身をよじるものの固い土管はビクともしない。僅かに残された空気を吸おうと頭をひねったら水中メガネが外れた。しかも、ふたりの体がダムになり、完全に土管のなかが水でいっぱいになった。

息が切れ、ガブリと水を飲んだ。

〝く、苦しい、な、何も見えん〟

腹の下で激しく暴れる洋一。もうダメだ。また水を飲む。本当にダメかもしれん。朝、母に勉強をしないで叱られたことが脳裏に浮かんできた……この間、10秒ぐらいだったろうか。運が良かったのは、ボクの頭と下壁との隙間を、彼の腰が抜けてくれたことだ。シャツのひっかかった部分がちぎれて、ボクの体も離れた。

脱出。

ふたりともヘドを吐き、しばし放心状態のまま、川原にへたり込んだ。辰夫も青ざめていた。あと10秒、出てこなかったら助けを呼びに行こうと思ったという。でも入らなかったのは幸いした。土管くぐりは、この日限り。3人とも互いに、人に話すことはなかった。水中の根性比べは、天地と左右、自由な場所でしかやらないと決めたのだった。

瓢《ひょう》簞《たん》池《いけ》のアナコンダ

裏山の溜め池は、数多くの伝説を生む。水抜きの日、川猿たちの好奇心は、紫色したドイツゴイと「アナコンダ」に譬《たと》えられた巨大なライギョに集まった。伝説の大蛇は、果たして本当に存在するのか⁉

突然、降って湧いた特報だった。裏山に3つある灌漑用溜め池のうち、もっとも上にある菱沼《ひしぬま》の水を抜くというのだ。そこに堆積した砂泥や沈んだゴミ、障害物を取り除く「水抜き」は、10年周期で行われていたが、この菱沼に限っては43年ぶり、数々の伝説がベールを脱ぐ、千載一遇のチャンスとなった。

「菱沼のドイツゴイは全身が紫や。デカさも*兼六園《けんろくえん》のコイなんか話にならん」辰夫は、その伝説信奉者の最右翼のひとりだ。彼の母方の親戚によれば、菱沼にドイツゴイ（鏡鯉《かがみごい》）が入れられたのは戦争前。日独伊三国同盟を記念して（?）、どこかしらから贈呈されたものだという噂であった。その後、鏡鯉が何年生きるか

＊兼六園
金沢城外郭の台地と斜面に加賀藩によって造営された大名庭園。岡山の後楽園（こうらくえん）、水戸の偕楽園（かいらくえん）と並んで日本三名園に数えられる。

定かでないが、菱の切れ間にヒラを打つ魚体は、推定で１ｍ20㎝。誰の釣りエサにも見向きもせず、紫に金色の紋の入った巨体ばかりが目撃談として広まっていた。

「コイなんか話にならん。やっぱライギョやろう。鴫《しぎ》をひと呑みにするんやさけ」

辰夫との伝説合戦で、いつも口角泡を飛ばすのが旧家の三男だった利幸だった。ただ、彼は中学生の兄と菱沼で夜釣りをした際、伝説の片鱗までは触っていた。トノサマガエルを泳がせたポカン釣りに、その御大とやらが喰らいついたというのだ。つかんだタコ糸ごと沼へ引きずり込まれるところを、兄とふたりで必死にたぐり寄せ、堤の傾斜まで持ってきた。しかし、手拭《てぬぐ》いでくるんで上げようと懐中電灯をつけたとき、ふたりは仰天した。

「１ｍ40㎝はあったな。アナコンダみたいな頭やったぞ」

そして、光を嫌うようにアナコンダが首を振ったとたん、針が抜けた。彼の兄貴自慢のセイゴ針がスポっと抜けた。ガッチリと食い込んでいたつもりが口先のほんの浅い掛かりの印象だったという。セイゴ針ではまだフトコロの幅が足りなかったのだと兄貴は話しているという。

「今度は伯父さんからもろたタラを釣る針でやる、と兄ちゃんはいうとる。エサはもっとでかいトノサマガエルや」

当時、図鑑で見る大蛇のなかでも、このアナコンダは格別に恐ろしげな響きを持っていた。ニシキヘビやボアも怖いが、巣穴にひきずりコムンダといわんばかりの名前が効いている。集落の小径に時折、体を伸ばしているアオダイショウはせいぜい1・5mほど。頭部もニゴイぐらいのものである。対してライギョ＝水中のアナコンダ説は、恐怖と好奇心がないまぜの強烈なインパクトを放っていた。

　水抜きは、土手の傾斜に打たれた水止めの杭を、上から順にバールで外していく。一日一本の割合で、水位が下がるに従い、傾斜の土や池を覆う樹木の根などが露出していく。底に埋没していた奇っ怪で黒々とした枯れ木たちが姿を見せた。いまか、いまか。いよいよか。下校時には必ず立ち寄って見守った。

　そして、水深が残り30㎝となった日曜日の午後。地区の班長の号令一下、待ちに待った集落の男たち総出の底ざらい清掃となった。大人たちはノコギリと草刈り鎌を持ち、露出した沈み木や菱の枯れ根を運び出す。ボクらはその横で伝説の確認作業に入った。

　ひんやりした山水に足を入れると、底はさらにヌプヌプとスネまでぬかるんだ。まさに抜き足で進むと、時々、チクリとする。底に沈んだ菱の実だ。両手を底に這わすと、面白いように魚体が触れた。マブナが次々と押さえ込まれる。ゴロンとし

たウロコの手応えが心地いい。辰夫がマゴイを抱いて大声をあげた。ボクは50㎝近いライギョを両手でつかんだ。体をUの字に曲げ、ビリビリビリと振動するのが彼らのクセだ。なにやらエネルギーをたくわえているようで、その後、ドーンと反《そ》り返《かえ》る。といっても、ライギョは遠くへは逃げない。数m先の底で再びじっとしていて、アブクを出すから所在がわかるのだ。ボクは立て続けに2匹を捕まえ、もはやこのあと伝説に触れるのは時間の問題だった。

ところが、計10人以上もが這い回ったにもかかわらず、それ以上の〝型〟が出ない。水が残っているのはせいぜい20m四方で、居れば必ず触れるはずなのだ。辰夫は70㎝のドイツゴイをついに抱え込み、なんとか大口の面目を保ったが、皆の視線は次第に利幸へ注がれていった。

「鯉とフナ、モロコはちゃんと戻してくれ。ライギョは絶対に戻しちゃダメ、川に離すのはもっとイカンぞ、必ず締めて食べてくれ」

班長が底ざらい作業の終了を告げた。大人たちは、ほくほくした表情でライギョを持ち帰る。三枚におろして、天ぷらや唐揚げ、三杯酢にすると旨いといわれていた。ボクは自分が捕えた2匹をビニール袋に入れると、すっかりしょげかえっている利幸にいった。

「見とけや。ワシがアナコンダにしてやっさかい‼」

自宅の縁側の出先に、瓢箪の形をした小さな池があった。姉と結婚した年かさの義兄が小さな弟のボクに造ってくれた庭池だ。形から瓢箪池と呼んでいた。２匹のライギョを放すと、瓢箪池の小さな〝円〟のほうは転回するのさえままならぬ規模である。翌日から捕まえてきたタモロコと小ブナを池へ入れた。濃密なエサ金によって、ライギョを一気に巨大化させる計画だ。

ところが、２匹は〝エサ金〟に見向きもせず、池端を徘徊中のネコばかりを集めることになった。酸欠で浮いたタモロコを、ネコたちは器用にすくい取っていく。ただ彼らとて、池の底からヌーと浮上する2匹の潜水艦には度肝を抜かれていた。爪で引っ張り上げてくわえて持って行く猛者はウチの近所にはいなかった。すごいドラネコは70㎝のコイでも平気で持っていく。水面から出た頭を、肉球でポンポン叩くのが精一杯。それもしつこいと、ガブリとやられるようだ。ボクも一度、中指を噛まれたが、大きな石にはさまれたような感触だった。とっさに手を引くと、歯型のついた指から血がにじみ出る。

「お前、ダラか。デカいカムルチーは小魚なんか喰わんぞ。カエルや」

利幸の兄の助言を受け、今度はトノサマガエルを池に入れた。遠くへ逃げないよう、後ろ脚にタコ糸を結ぶ。しかし、いっこうに喰う様子はなかった。２匹は次第に胸ビレから下がくびれたように細くなり、スリムになっていった。

最初の事件は、五月雨《さみだれ》のやんだ夕刻に起きた。家の裏手に笹のヤブがある。そこを抜ける小径から悲鳴があがり、農協の姐さんがへたり込んでいた。

「*ツチノコが出た……」

彼女が指差した笹の根元に、泥まみれになったウチのライギョがくねっている。茶色の斑点が浮き彫りになり、確かに噂の蛇とはこんなモノかと思わせた。

「コイツらはキッツイもんやぞ。体さえ濡れとりゃ山だって越える。私らが娘のころにゃ、雨が降っと田んぼ脇の道をようほうて歩いとった」

騒ぎを聞いて、明治36年生まれの農協隣のバアさんはいった。彼女の娘時代は、ちょうどライギョが朝鮮からやってきたころ。日本の池の水に合わず、ひと雨ごとに逃亡を繰り返したそうだ。

「お前の池が嫌いなんや。*おぞい囲いなんか壊してしもうぞ」

バアさんのいうとおりだった。そのあと、雨を見越して池にベニヤをかぶせたが、ライギョは簡単にその下を持ち上げて脱走した。その捜索のたびに、ボクは近所のメリーという柴犬を借りて、池の水の匂いを追った。十中八九、畑の畝《うね》わきなどでくねり進むライギョをみつけたが、梅雨には難航した。メリー自慢の嗅覚も、匂いを洗い流す雨の量には苦戦する。

「オレがさばいて天ぷらにしてやるって！　おっそわけするから。ビールに合うん

＊ツチノコ
存在するといわれる伝承の蛇（の類）。頭は蛇、胴体部分は異様に太り、尾は細く尻切れとなる形状が目撃情報からかたち創られた。1970年代、発見発掘ブームが全国に広がった。

＊おぞい
「ちゃちな」という意味。

だよ」

ウチにたびたび寄ってくれる吉岡クリーニング店の主人、毎度の御用聞きはまずライギョだった。父も母も面倒に手を焼いて、ボクに渡すようにいったけれど、飼ってしまった親近感、情が湧いて、渡せば殺されるし、裏山の堤に戻すわけにもいかないジレンマに堕《お》ちてしまっていた。

11月下旬。みぞれがやがてアラレに変わり、その音がしなくなると雪の原になる。ベニヤを瓢箪池にかぶせなかったうっかりでライギョ飼育は突然の幕切れになった。池のなかが水を含んだ重い積雪で時雨のアイスのようになった。灰色シャーベットのなかで2匹のライギョはUの字になったまま固くなっていたのである。申し訳ないことをした。雪の上に置いて呆然《ぼうぜん》となった。ライギョよ、ごめんな。ごめんなさい。一瞬で締められて天ぷらになったほうがラクだったろうに……。

ライギョの巨大化計画はボクの不手際であっけなく失敗した。しかし、利幸の頭のなかのアナコンダ伝説はふくらむ一方だった。

「ワシと兄貴が逃した1m40cmは、水抜きのときにはきっと下の吉沼へ移動しとったんや。いまごろは1m60cmになっとるはず!!」

その後、誰ひとりとしてアナコンダを見た者はいない。

ヘビ級チャンピオン

ゴリの七・五・三

手を伸ばせば届くところに、ゴリが群れている。が、捕まえるわけにはいかない。なにしろ奴らが乗っているのは、百万石の歴史と伝統を受け継ぐ加賀友禅の上なのだ。ジレンマを前に、悪ガキどもは妙案をひねり出した。

前を歩く女子たちが、縦笛《リコーダー》で「こぎつね」を吹いていた。ボクらの出すちょっかいをことごとく無視すると、今度は「村まつり」なぞ吹きはじめた。大人びた、いい、したり顔の態度は、ますますボクらを刺激する。そのなかに、ちょっと気になる、背の高い、ノーブルな顔立ちのオサゲがいると、なおさらだった。

「まあちゃん、いつもの、やれや」

一緒にいた辰夫の尻馬に乗り、ボクはランドセルから縦笛を抜いた。3つに分かれる筒の、いちばん下をねじり取ると、それを一気に振ったのだ。嬌声《きょうせい》と怒号のなか、ボクらは道をそれて苅田《かりた》のなかを逃げ回った。たとえ、そのあと体の大きな彼女らに5倍返しの仕置きを受けようとも、ボクらはその反応が嬉しかったのだ。

下校の道は、晩秋の色が濃かった。田園のあちこちにワラが積み上げられ、河原土手を焼いた煙が西の空に立ち込めている。オレンジ色のうろこ雲は、初時雨が近いことを感じさせた。北陸の重い冬への下り坂。その寂しさをまぎらわす、カラ元気ばかりの家路である。突然、川のなかから〝春の花〟が咲いたのは、そんなときだった。


「着物の上に、なんか乗っとるぞ」

最初、それに気づいたのは辰夫だった。彼のさした川面《かわも》には、友禅流しの帯がユラユラとそよいでいる。淡い紫や緑の反物に描かれた〝春の花〟に交じって、黒い「まがたま」のようなモノがいくつもくっついていたのだ。

「あんなでかいカワニナがおるかな？」

「なあん、ヒルが伸びとるんやろ」

「お前らダラか。あれは、あんな柄なんやちゃ」

ところが、すかさずズボンを脱ぎ、川へ確認に向かった辰夫が叫んだ。

「ゴリや、ゴリがいっぱい乗っとる‼」

土手の上は騒然となり、ボクらもあわててズボンを脱ぎ下ろしたのである。

*浅野川《あさのがわ》の友禅流しは、いつも見慣れた光景ではあった。絵柄に載せた染料が、混じり合わぬよう塗られた糊《のり》。その糊を落とすと同時に、冷たい水で〝色を締める〟のが流し（水洗い）である。季節に関係なく行われていたが、暖かい時期は水温の低い早朝しかできない。水の冷え込む晩秋になると、昼間から川面に2本、3本となびいていた。その帯の上に、ゴリが乗る。大きいのは15㎝近い。見ようによっては前衛的な絵柄にも見えた。

「このところ冷え込んだやろ。反物の上はあったかいやて」

と、洋一がいえば、久和は首を振った。

「溶けだした糊や。糊は米でつくっとるから、食べに来とる」

すかさず、成績のよい豊《ゆたか》が笑った。

「お前、ダラか。ゴリは川虫を喰っとれんぞ。もしそうなら、糊を食べに来る小魚を狙《ねろ》うとるげ」

ボクは、うなずきながらもゴリの性格を考えていた。金沢のゴリ料理はアユカケからスタートしたとされているが、この魚を手摑みした記憶は小学3年を境に途絶えている。最近はゴリといえばカジカのことだ。アユカケより遥かに憶病だが、それとは表裏一体の野次馬根性の持ち主でもあった。彼らのひそむ小石のまわりで*真宗《しんしゅう》の数珠《じゅず》をチャラつかせたことがあった。彼らは少しずつ石裏から這い出て来て、

＊浅野川
犀川（さいがわ）と並んで金沢市を流れる二大河川のひとつ。

＊真宗の数珠
使われない数珠が仏壇の引き出しにたくさんあったので、遊びに使ったばちあたりなこと。真宗とは浄土真宗。

口を開けたり、体を当てたりして威かくする。やがて数珠が無害とわかると、輪をくぐったりして遊ぶのだ。ボクは、そんなときのゴリの無邪気な動きに魅《ひ》かれていた。まるで陣取りゲームのように点と線を小気味よく進み、川底に止まるたびに大きな胸ビレでヨチヨチをする。だから、こういって胸を張った。

「この絵柄に興味を持ったんや。ゴリもおべべを着て遊びたいげ」

みんな呆《あき》れ顔になったが、手摑みがいちばん上手い辰夫だけは「そうかもしれん」といった。

もっとも、川に浸かって、ゴリという魚の衣・食・住からの理由を論じたところで、その先に進めるわけではなかった。なにしろ相手は、加賀友禅の上にいるのである。手の出しようがなかったのだ。石川や富山で娘を持つ親にとって、無理をしてでも一度は着せたい至上の晴れ着。その評判と値段は、本家の京都にも劣らなかった。また、大人たちから、友禅に携わる職人の途方もない意匠と製作時間を聞かされてもいた。この友禅流し

も、石や砂で傷がつかぬよう、流れを計算した位置にある。職人の目を盗み、反物をみんなで持ち上げた隙にザルへ追い込むことも考えたが、勇気がない。防火用水をかいぼりするのとは、レベルが違っていたのである。

翌日。そんなジレンマを打開したのが、辰夫の考えた「ニセ加賀友禅」である。彼がノートに書いた設計図を見て、再びボクらは色めき立ったのだ。

まず、友禅流しと同じ条件の場所を上流に求めた。水深約30cmから40cm。砂礫《されき》の川底で、瀬にかかる手前のゆるやかなヨドミだ。そこへ流れと平行するように、石を積んで幅60cmほどの〝水路〟を造った。その、いわば導流提の間に「長物《ながもの》」を流すことでゴリを集める。当然、米を練って作った糊も塗る。これなら横へ逃すことなく、上から追い込めば川下で一網打尽《いちもうだじん》にできる算段だった。11月の水仕事は、肛門の奥が痛くなるほど辛《つら》かったが、5人がかり、2時間ほどで築き上げた。

最初に流したのは*丹前の帯だ。誰かの父親の払い下げを受けた。しかし、これは反応がないばかりか、ウグイやアブラハヤが通過しても色が地味で判別がつかない。一日で取り外し、今度は学校の体育用具室から運動会の横断幕を引っぱり出した。一学年40人少々の小学校では、ナニがドコにあるかみんな知っているのだ。ただ、これも描かれた書道の文字ばかり威勢がよくて、ゴリの「入場門」にはならなかった。取り外したとき、下にカワギス（カマツカ）がボォーとたたずんでいたのみ。

＊丹前の帯
綿を入れた着物の上着が丹前（どてら）。女性ものだと派手な柄もあるが、男性ものは地味。

「もっと友禅に似たもんは、なんや？」

用具室をひっくり返したあげく、ボクらは古くて使われなくなった鯉のぼりのヒゴイを持ち出したのである。折りたたまれたヒゴイに糊を塗るのは少々気が引けたが、色、柄ともに、期待度はズバ抜けている。しかも空洞があるので、ゴリが潜り込むかもしれない。大きな鉄製のクギ抜きを川底に打ち込み、そこに口の紐を結んだ。11月の浅野川に、横倒しになったヒゴイが泳いだのである。

ところが、美しいピンクと白の布地にも、ゴリは乗ってこなかった。毎日、引き上げ、糊を塗ったが、小さなウグイが集まっただけだ。それどころか、ゴリの代わりにサボっていた掃除当番をゴリ押しする女子たちに気づかれ、土手に集めてしまっていた。

「あんたら、ダラか。色も落ちてしもて、来年どうするつもりなん?」

背の高い、ノーブルな顔立ちのオサゲは、成績がよく、先生へのチクリも大好物の悪徳少女でもあった。土手の道を帰っていく彼女らの吹く「冬げしき」。

「もう、こりごりやな」

濡れたパンツを震える手で絞りながら、辰夫がポツンといった。

カレイに乗った少年

シジミ採りは触覚が命。指先、足のウラはもちろん、スネやヒザを動員しての総力戦だ。あるとき、その足で、少年は信じられないモノを踏んでしまう。正体を手摑みすべく、大捜索が始まった！

太陽の熱と、ヨシの草いきれが充満していた。ぬるい浅瀬の水とは対照的に、泥のなかはヒヤリと冷たい。差し込んだ両手をもみしだくと、指先に固いものが当たった。石か、シジミか？　握りしめて形を想像し、シジミなら指先でねじって中身の有無を確認する。水でゆすぐと、つやつやとした黒い大玉の殻が現れた。カチン、ジャラジャラ……。＊フラシに入れたときの音が心地いい。辰夫のフラシはすでに、破れそうなくらいふくらんでいた。

梅雨の晴れ間と日曜日が重なれば、自転車で浅野川の河口まで行った。集落を流れるいつもの川は、市街地を抜けたあと平地の水田を長く縫って潟湖《せきこ》につながって

＊フラシ
網を袋状に整えて、水に浮かすなどして採った獲物を生かして入れておく魚籠（びく）。

いる。潟湖は汽水湖でもあり、浅瀬は、最高の汁ダネがたくさん潜っていたのだ。

そもそも最初は、移植ゴテや熊手とふるいを持ち込んでいた。しかし、集落からは12㎞、大道具を携えての自転車は難儀の一語だ。それで川底の砂泥に直接手を入れる、手摑みに行き着いた。

素手と素足。這って進むので、ヒザやスネも頼りの触覚である。手グシを泥のなかに差し入れて、もみながら前進し、*はつった泥をさらにヒザとスネではさんで擦りつぶす。泥中の玉を見逃さないために。選別作業は指先と掌の役目だが、ヒザでもはさんでできるようになった。時

*はつる
「削りとる」こと。

折、チクリと来るのは割れた殻。指の爪の間に入った日には、しばらくうずくまることになる。それでも、暗中模索の〝結んで開いて〟はやめられない。気がつけば、川岸を300m進んでいることもザラだった。

その日は、かつてない豊漁。梅雨の中休みが続いたため、川の水が減っていたところに干潮が重なって、掘り進める浅瀬が増えていたのである。午前中だけで2杯めのフラシが満タンになり、さて*ガンガンに移しに行こうとしたときだった。

「辰夫、足の下になんかおる。動いとるみたいや！」

泥ではなく、肉を踏んだ感触である。パーンと張ってヌメリがある反面、ズルリとは滑らない。ザラついた不思議なグリップ力が足裏にあった。さらに脈動も伝わってきた。

辰夫はすかさずボクの足下に目を凝らすと、ちょっぴり顔を引いた。

「*ワラジを履いとるみたいやぞ」

ワラジと聞いてギクリ。ますます動けなくなる。ゾウリムシの怪物を想像したからだ。恐る恐る手を足下へ伸ばしたとたん、物体は弾けて前へ進んだ。

カレイだ。まぎれもなく海の魚がそこにいた。川底に同化した暗い黄緑色。しかし、ヒレの黒い縞模様が鮮明だ。5mほどの先の流心《りゅうしん》への深みの傾斜に、なんとか留まっている。辰夫と左右に分かれ、じんわり囲いこもうとした瞬間、フッと砂

＊ガンガン
金属製のバケツのこと。

＊ワラジを履いとるみたい
ヌマガレイのヒレについた縦の縞は、水中では草鞋（ワラジ）の輪郭のへりに見えることがある。

煙を上げてどこかへ消えてしまった。

〝浅野川にカレイがいた〟

集落に戻ってから、誰彼といわずにおれなかった。しかし、同級生も中学生も、またいつものホラかと笑う。

「お前、ダラか。あそこは完全な真水やぞ。淡水にカレイがおるか」

「でっかいグズ（ドンコ）が泥のなかに潜っとったんや」

手摑みの失敗も、釣りでバラした魚の評価と同じである。ただ、辰夫のオヤジだけは、まともに話を聞いてくれた。

「カワガレイ（＝ヌマガレイ）や。川を上ってくる。ヒラメと同じで目が左側にあってな。いわゆる反逆児や。タテジマのユニフォームを着とったろ？」

阪神ファンの彼らしいコメントである。辰夫の父は子供のころ、しょっちゅうフンドシに石を詰めて*河北潟《かほくがた》や潟と日本海がつながる大野川で泳いだそうだ。淡水と海水がせめぎあう2枚潮で浮き上がる体を石の重みで安定させるためだという。その際、背の立つところでカワガレイを踏んだ……と。ただ完全な淡水の浅野川では、うーんと首をひねっていた。

翌週から、いでたちを変えた。指先を切った軍手をはめ、お古の靴下を履く。水

＊河北潟
日本海側では八郎潟に次いで二番目に大きい潟湖。干拓工事によって面積の3分の2が埋め立てられ、防潮水門の装着によって完全に淡水化された。浅野川はかつて河北潟に直接注いでいたが（本稿はこの時代）、河川改修によって流路を変えられて、現在は日本海に注ぐ大野川につなげられている。

中メガネもかける。這い進むのは一緒だが、川底をもみしだくのはやめて、泥をなでながら進んだ。対岸まで泳いで、ジグザグに遡ったりもする。透明度の低い深みでは、川底まで潜らなければ何も見えない。

「おった、おった、おった、おったァ！」

辰夫が土手の砂利道《じゃりみち》を走ってくる。発見は意外にも、シジミ採りの場所より500mも上流だった。

砂礫に腹をつけて、なおも上流をうかがっていたタテジマの反逆児。まわりではウグイやオイカワが群れていて、カマツカもいた。石のヘリでは、アユまでがヒラを打っている。見慣れぬ平べったい奴に、なんだ、なんだと騒いでいるように見えた。

ゆっくり背後から触手を伸ばすと、あと50cmのところでフッと前へ行く。尾びれの一蹴で、2、3mをひとっ飛びだった。再び近づくも、また50cmのところでフッ。これの繰り返し。鈍重そうな外見とは裏腹の身のこなしだ。並んだ両眼はかなり視界が利くらしく、どうしても接近が捕捉されてしまう。それとも、波動を感知する側線の発達がすごいのか？　さらに、手摑みするにはとても難しい習性を持っていた。

どれだけ追っても、けっして石の下やヘリに身を寄せない。砂礫か護岸石の上に乗る。つねに視界の利く場所にたたずむのだ。

「ええい、草の下に潜らんかなあ」

「堰堤のえぐれでもいいがに」

ボクらは水から顔を上げるたびに地団駄を踏み、また顔をつけた。唯一チャンスがあるとすれば、方向転換するときだ。腹をつけ、シマシマ模様の背ビレと腹ビレを器用に波打たせながら回頭する。ここをヤスがあれば狙えるだろう。タモでは難しそう。でも、ボクも辰夫もヤスで突くのは嫌いだった。

「まあちゃん、ワシ、来週は親父から流し網借りてくるわ」

辰夫はそういって、軍手を脱いだ。

ところが、あきらめかけた帰り際。浅瀬を竹で叩きながら歩いていると、ハプニングが起きた。カワガレイが前に飛び出して、まるで石切りのように水面を二転三転、勢い余ってヨシの生える土手の傾斜へ乗り上げたのである。呆気《あっけ》にとられた。でも体は勝手に駆け出し、両手でしっかり押さえつけた。

黒い縞の入ったヒレは全体に黄色味を帯び、まるで虎模様。全長30㎝。パリッと硬い感触でつかみやすかった。表にも裏にも、細かい突起が無数に並び、ざらりと指の腹にひっかかった。

「このイボをスパイクにして流れのある川を上るんやな」

すかさず丈夫な米の袋に水を入れて、獲物を入れた。集落のみんなの驚く顔が浮かんだ。しかし、12㎞の自転車での道程は西陽の照りつけが厳しく、すぐ酸欠になり、カワガレイはあえいだ。途中、神社の手水《ちょうず》を入れたにもかかわらず、着いたときには力尽きていた。

「これは持ってきちゃダメやて」

母は川のカレイに驚きつつも苦笑した。その意味は食べてみてわかった。父も姉も、煮つけをひと口食べて箸《はし》を置く。厚くて固い皮と、口中に残る泥臭さ。独特な臭味。そんなカレイを持ち帰ってしまった後味の悪さもまた残って尾を引いた。

「カワガレイは刺身しかダメ、イシガレイと一緒やちゃ」

後年、河口で投げ釣りをするようになって詳しい友だちに教えられた。

私のカレイは
左きき

獣《けもの》道《みち》クール・ランニング

プラスチックの「ママさんボブスレー」に、コーナリング・テクなどいらない。誰でも簡単に滑れてしまう、雪国に押し寄せた最新テクノロジー。旧型ソリはあくまでテクニックで勝負を挑んだ。

「もう、お前には負けんちゃ、今日からワシがチャンピオンや」

利幸はそう胸を張ると、プラスチックの青いソリを引いてコースを登っていった。札幌オリンピックの2年後のこと。

ボクはその冬に保持していた*鰐《わに》背《せ》山《やま》のソリ王座から転落した。それも*テール・トゥ・ノーズではない。ぶっちぎりの敗退だ。ボクの自作ソリを打ち負かしたのは、よろず屋に780円で並んだ赤と青の*一体成型ボード。人呼んで「ママさんボブスレー」だった。

ソリといえば、父の手製や兄のお古が常識だった。使わなくなったスキーのテー

＊鰐背山
裏山の尾根の起伏が鰐の背に似ていたことから筆者の父親が名づけた。

＊テール・トゥ・ノーズ
テール（後方）とノーズ（頭）がくっつきそうなぐらい接近した競争の状態をいう。モータースポーツ用語。

ルを切り落として長さを詰め、2本並べて板でつなぐ。リンゴ箱をかぶせてシートとし、スキーのトップに穴を開けて紐を通して手綱にした。ボクのシートにはリンゴ箱よりかなり小ぶりの木箱がついていて、これは幼いころに従兄《いとこ》から譲り受けたおもちゃの木製トラックの荷台だ。みんな、身の回りにあったモノを寄せ集めて作ったソリを、コースに持ち込んでいたのである。

「あいつ、まあちゃんにどうしても勝ちたいから、真っ先に買いに来たぞ」と辰夫。

ママさんボブスレーに強いライバル心を燃やしたのは、ボクだけではない。問屋に追加注文するほど売れたよろず屋の兄弟、洋一と辰夫でさえ旧式のソリ派である。この日から、自作ソリの市販レーサーへの挑戦が始まった。

「*おってえ奴でもコケんのやから許せんな」と兄の洋一。

鰐背山は集落東側の裏山で、クヌギの木に覆われている。分け入る道は、獣道に毛が生えたていどの踏み跡だったが、送電線の鉄塔を立てるときに少々の拡幅が行われた。小型の*ユンボを上げるため、土をU字型につってジグザグを切るように稜線までつなげたのだ。絶好のソリコースである。稜線からスタートするや、ウェーデルンを切るようなタイトなS字が続き、最初のストレートが20m。右へ直角に曲がると次のストレートが40m。左へ大きく回り込むカーブが最終コーナーで、抜けたらゴールだった。幅は僅か2m前後。抜きどころは直角と最終しかな

＊一体成型ボード
先頭から後部までが1枚のプラスティックでできた舟形のソリ。

＊おってえ
「とろい」の意味。

＊ユンボ
「油圧ショベル」のこと。「レンタルのニッケン」の登録商標。

く、コーナー手前の雪面はかかとを立てるブレーキでいつもえぐれている。ゴールしたら即座に止めないと、先は切り通しの崖。下は民家だったが、常識的にそこまで止まらない事態は考えられなかった。

「位置について、よーい、どん！」

合図とともにソリまで全力疾走する。＊ル・マン式である。レース通の中学生から「世界の格式」と吹き込まれて取り入れた。ソリに飛び乗って蹴り進むとデュアル・レースの始まりだ。しかし、何度やっても同じだった。

最初の滑り出しから、ママさんボブスレーは軽いのである。S字を抜けたころにはソリ3艘《そう》分の遅れ。ストレートは互角だが肝心のコーナーでさらに離される。自作ソリの滑走面が2本の線とすれば、プラスチックの舟形ボードは大きな面である。その安定性が旋回速度の差となった。それに重心が低いため、不用意な操作をしても彼らは転倒しない。コーナリングにテクニックがいらず、誰でも速く滑れてしまうという点が、しゃくにさわった。

だからボクらは徹底してコーナリングにこだわった。ポイントは、体重移動と、かかとの立て方だ。狙ったインの出口をにらみながら、尻の内足側に力を入れて脇をしめる。ソリを倒し込んでスライドさせながら、バランスを保つため内足のかか

＊ル・マン式
フランスのル・マンで開催される伝統の耐久レースに由来されるスタート方式。レーサーがスタート合図による短距離走からマシンに乗り込み発車する。日本の鈴鹿8時間耐久ロードレース（二輪）もル・マン式スタート。

とを立てる。アウトにふくらむようなら、外側のかかとを軽く立ててカウンター。時にはバンクの壁を強く蹴り込んで回頭する。辰夫はこれに加えて、首をグイグイと内側に振り込む公営オートレーサーばりのコーナリングを開発したが、労せずして回っていく敵にはかなわない。

ライン取りも工夫した。ブレーキをなるべく遅らせ、いったんアウトぎりぎり、U字バンクの頂点までソリを振り、勢いでインへなだれ込むのだ。限界の滑りによって接触、双方に転倒が相次いだが、なぜか軽傷を負うのは自作組ばかりだった。

ひとつ下の久和は前歯を4本なくした。微妙なスライドを続けていた彼のソリが、露出した土で突然グリップを戻したのだ。ハイサイドによる転倒である。不意を突かれたように体がコース外に投げ出され、太いクヌギの幹に口を打ち付けた。出血してしまい、泣きながら自分の歯を捜す姿はボクらを震撼させた。以来、手拭いを口に巻き、

工事用のヘルメットを着用した。ボクのは営林署に勤める義兄の官給品で、石川県の*県鳥イヌワシがあしらわれたスペシャルだった。

勝てない悔しさは、ボクらを夜間訓練にまで駆り立てた。手拭いのほっかむりに懐中電灯をねじ入れて、コースを照らすのだ。スライドで削られた雪が、ライムグリーンに発色する。露出した石を擦る。と、赤い火花が散った。夜間訓練はしかし、見た目が美しいだけで技術の向上にはつながらなかった。

「ソリの設計を変えてみたらどうや」

雪がゆるみだすころになって、ボクらはソリ自体を改造する方法に出た。板の間隔を広げる、いわばワイドトレッド化である。コーナーは安定したが、左右のクイックな操作に不満が残る。そこでエッジにカンナをかけて丸くしてみたら、今度は直進安定性に問題が出た。削っては元に戻せないので、遅ればせながらママさんボブスレーに乗り換えた久和から板を譲り受ける。

辰夫と洋一はふたりのソリを合体させた。ソリの外側にスキー板を2本追加した4枚板の仕様。東南アジアのバンカー船のような転倒防止の竹を渡したような構造だ。これもコーナーは抜群だが、板の間に雪がはさまってしまうとストレートが伸びない。

すでにママさんボブスレーは、除雪した雪の運搬に便利というので、集落の一家

*県鳥イヌワシ
県鳥とは都道府県を象徴する鳥のこと。石川県では、県警、大学、航空自衛隊などのマスコットにもイヌワシが使われている。

に1台まで普及していた。自作ソリにこだわるのはもはや3人だけだった。

「利幸、明日もう一回だけやろう。ワシの最終兵器を見せたるちゃ」

ついにボクは、コーナーを捨てることにした。ソリを河原まで持ち込み、箱いっぱいに石を詰めてフタをした。重さに耐えるべく打ち込んだ釘が増えてパチンコ台のよう。滑走面には、競技スキーをしていた山本から専用のワックスをかすめて塗りつけた。

翌日、それを引き上げてきた汗まみれのボクを見て利幸の顔はこわばった。

「よーい、どん」

滑り出しは石のように重い。S字を抜けるのに転倒寸前。利幸は遥か彼方だ。ところが直線に入った途端、石積みリュージュは炎のような追撃を開始したのだ。いつもとの風切音が違う。コースが白い平均台のように見える。直角が迫る。ブレーキが追いつかない。両足で雪を削りながら転回。再びストレートへ入れば頼もしい加速。みるみる利幸のテールが近づき、ついに彼をとらえた。ブレーキの利かない火の玉はヒジまで滑走面を擦るヤケクソの倒し込みで最終コーナーへ。ヒジと板の2点支持旋回は一瞬成功したものの、腕力がもたず、ほとんど横倒しのままゴールへなだれ込んだ。体はなんとか止めたが、ソリは切り通しの崖を落ちた。石の重みでソリは壊滅し、外れた板がT家の黒瓦を直撃してしまった。

ソリ王座は奪還したが、テクニックで勝てなかったことは大いに不満だった。おまけにボクは、T家の親父の嵐のようなお叱りを受けることになった。

リュージュの伝言

クヌギ林のシャネル

ラジオ体操で集まる校庭は甲虫の朝市でもあった。各自が収穫を披露するステージだったのだ。お気に入りの木を見つけて収穫する方法には、ある不文律があった。それが、ある日、破られて……!?

夏になると〝気になる〟木が8本あった。ワシの木と呼んでいた。いずれも家から400m圏内にあるクヌギで、裏山を登る杣道の傍らに伸びていた。杣道を抜ける風が、発散する樹液の香りを拡幅し甲虫を誘っていたのである。

5年の夏休み、4日目のことだ。いちばん気に入っていた〝ワシの木3号〟に異変が起きた。樹液を滴《したた》らせる黒々とした古傷の脇に、新しい傷がつけられていたのだ。

「誰や？　こんなことするもんは……」

一緒にいた辰夫が口を尖らせる。傷は上からささ、く、れ、のようになっていて、なかに樹液が溜まっていた。洋一が大袈裟《おおげさ》に両手を広げた。

「プロや。プロの仕業や」

虫捕りのプロなどいるはずがなかった。だが、プロと聞けば、事態が大きく感じられる。市街のデパートで、カブトやクワガタが売られているという噂も拍車をかけた。しかし、犯人は、簡単に見つかった。

6時30分。ラジオ体操の校庭は、虫捕りの収穫を披露するステージでもある。定規で大きさを測ったり、違う種類との交換など、甲虫の朝市だ。そこへ久和が、大きなノコギリを2匹持って現れたのだ。

「裏の鰐背山の道端におったんや。今朝やないぞ、昨日の昼や」

いつもの彼なら、コクワやネブトのメスばかり。それも杉の木の裂けた隙間に、マイナスドライバーでほじくって捕るこすい採集だ。今日はどういうことか、鞘翅もまだ赤いつやつやのオスのノコギリ。ウソやろ? すげえ、と取り囲まれたものだから、彼の口はますます軽くなった。

「実は、エサで寄せてん。黒砂糖の水に焼酎を混ぜて木に塗るがや。皮を起こして、溜めといてもいいげ」

日頃、小物しか捕れん奴が、まぐれの一発長打でうわずっている。たまさかの栄光を洗いざらいしゃべってしまうパターンは、未熟な釣りと一緒だ。彼の兄は中学の科学部。入れ知恵に違いなく、すべてが読めた。

「お前、ダラか。そんなことしてまで捕りたいかいや⁉」

一応、その場は、毒づいたボク。しかし、体操のカードにハンコをもらうと、家までまっしぐら。台所の流しの下から、父の晩酌《ばんしゃく》を取り出した。

タガが外れたのである。寄せエサの効果ぐらいは知っていた。あえてしなかったのは、ワシの木を巡回して捕る方法へのこだわりと、それで十分捕れたから。しかし、おってえ久和でも、確実に大型ノコギリを掌中にしてしまう匂いの威力に感じ入ったのも事実だった。

さっそく黒砂糖を熱湯に溶かし、少し冷ましてアルコールを入れる。焼酎のない我が家では日本酒になる。そもそも、*杜氏《とうじ》の里のある能登を持つ石川県の酒造に焼酎の文化はなかった。父はまた嫌いではないが限りなく酒精に弱い。

「特級や一級よりも、二級のほうがいいやろ。クセが強いさけェ」

父は、正月にもらった、とっておきの地酒を守ろうと遠回しの言い方をする。急な客の応対を見越してのこと。さらに、嗜好《しこう》優先の、いい加減なアドバイスまでしてくれた。

「日榮《にちえい》より、福正宗《ふくまさむね》がいいぞ。虫は、辛口より、甘口が好きなはずや」

どちらも金沢を代表する銘柄。確かに、甘口という響きに期待もふくらむ。

＊杜氏の里
能登杜氏のこと。杜氏は酒造りを担う職人で、海と山がちの能登地方は耕作に恵まれた環境ではないため、京都の伏見や神戸の灘に出稼ぎして酒造の職能を磨いてきた。

ところが夕刻、できたエキスを携え裏山へ入ると千客万来。久和に限らず、辰夫、洋一……今朝、校庭にいた下級生まで。みんな、いろんな形の瓶にこげ茶色の液体と絵筆を入れていた。

「今ごろ来ても、塗ったモン勝ちになっとるぞ。人が塗った木は、あとからいろたらいかんことになった」

辰夫が照れ笑いを浮かべていう。とても、ワシの木を主張する状況ではない。久和に次いで二番手のつもりが、いちばん後手にまわっていた。

こうして裏山の甲虫採集は、寄せエサがメインになった。クヌギの幹の根元、樹皮の剝がれた部分、むろ、二股の隙間。夕方にエキスを塗り、翌朝、もしくは午前中に確認する。いかにして、ワシの木だけに虫を集めるか。利己的なエキスづくりに血道をあげた。

最初の3日間、福正宗バージョンに酢を少量加え、一気に寄せた。カブト3、ミヤマ4、ノコギリ7。ところが4日目からはコクワやカナブンしか捕れなくなる。不思議なもので、匂いに慣れて効かなくなったのか？　人間同様に、香りのトレンドが存在する？　そこで酢をやめ、マミー、カルピス、プラッシー……酸味を抑えた〝薬味〟で試してみた。カルピスはノコギリには大当たりだった。処方箋《しょほうせん》をピタり的中させた醍醐味《だいごみ》。しかし甘味で酒精が弱まり、揮発による芳香が続かないのが欠点だった。朝露の多い日などは、一発でアウトだ。

つまり理想の寄せエサとは、アピールする匂い、留まらせる味、病みつきにする習慣性に加え、これらを持続する耐久性・持続性が大切なのだとわかった。

それならば、と、黒砂糖水を、ドロリと粘着性のあるハチミツに替えてみた。集落の外れに移動養蜂を営む家があった。小遣いでひと瓶購入する。ところが、日本酒との混ぜ合わせの過程が面倒くさい。熱燗《あつかん》にして溶け込ませ、冷やしながらイチゴジャムをつなぎにする。なんとか粘着性を取り戻したが、コレは寄せた虫に問題があった。カナブン、ハナモグリ、ドウガネ系がほとんど。蛾、蝶、ガガンボ、ゴキブリまでくる。昆虫の濃厚な林でミツバチの集めた特選の〝花の蜜〟を使うと、不特定多数の有象無象ばかりを集めてしまうようだ。

エキスに入れる〝具〟も試行錯誤した。甲虫の寄り場には、アリなどによって運び出された細かい木クズが付着する。それを模してみた。早場《はしり》の梨やキュウリ、スイカをすりおろして混ぜる。大発見は蒸かしたサツマイモだった。おろして、そぼろ状になったモノをエキスに混ぜて塗ると、2日でカブトのオス&メスが6匹寄った。甘えるネコのように、顔をクイクイと押しつけて、かなりの興奮ぶりだった。

一方、久和や辰夫、洋一たちも、あれやこれやと吟味を繰り返していた。久和は父親のウイスキーやバーボンまで混ぜてみたという。辰夫と洋一は、ベースを水飴《みずあめ》にしていた。家業で扱うドジョウの蒲焼のタレの原料だ。父親の嗜好や職業が色濃く入ったアロマの競演。しかし、より細かな成分や混合比まではわからない。それはお互い様で、手の内をちょっとでも見せれば、虫はあっちへ行ってしまうのだ。

「この、底に沈んどるのはナンやあ？」

「夏ミカンとかつおぶしいれてん」

「今日の蜜は泡が立っとるなあ」

「コカ・コーラを１本入れたんや」

こんな具合に、*ブラフのかまし合い。あるとき、相手が去った際に、塗った箇所をじっくり眺め、鼻を押しつけ、さらにペロッとなめたりした。しかし、いったん、本物の樹液と混じったエキスでは材料《マテリアル》の判別ができなかった。

「お前らなあ、なんで朝から体が甘酸っぱいがや？　ちゃんと風呂に入っとるんか？」

ラジオ体操の世話人もしていた、地区の班長さん。出席カードにハンコを押してくれるたびに、顔をしかめた。

「なあん、わしらもいろいろ事情があるげ」

洋一は、いつもこのセリフで、大人の尋問をかわしたが、みんな日を追って甘酸っぱくなる自分を実感した。

＊ブラフのかまし合い
ブラフとは、ウソやハッタリ、こけおどしの英語。事実とは違った情報を相手に流すことで自分が取得しているノウハウを相手に知られなくする手段。

ところが、アロマ採集は突然の幕切れとなった。辰夫がスズメバチに襲われたのだ。彼がこれぞと作ったエキスは、水飴に赤玉ワインを混ぜ、こしあんとバナナをすり込んだ超豪華バージョン。60㎜級のノコギリとミヤマをいくつか揃えたが、スズメバチも強烈に反応したのか？　それともなにかしらの怒りをかったのか？　耳の下を刺された辰夫は、なんとか自力で脱出したものの、町の病院に3日間入院する始末。手短かな裏山・鰐背山は、いつの間にか「危険な香りの山」になっていたのだった。

惜しみなく吸い込み入道《にゅうどう》は奪ふ

春の小川遊びの定番は、遡上《そじょう》するサカナをすべて呑み込むスーパートラップ。人呼んで「吸い込み入道」。この春はさらにバージョンアップしたはずが、なぜかイモリの大群を呼び込み大ピンチに！

「まあちゃん、見てみ。今年は吸い込み口の角度を変えてみたちゃ」

辰夫の持ってきたノートの設計図を見て春休みが近いことを実感した。紙袋の口の部分にラッパをはめ込んだような奇っ怪な図形が描かれている。彼は、このラッパ内側の*テーパー度をゆるやかにしたことで、魚の入りが期待できると胸を張った。

「魚も坂を上がらんでいいやろ。警戒もせんからスポスポのはずや」

さっそく、製作は下校時。いつもどおり、辰夫の家の納屋で、となった。

奇っ怪な図形の完成品は、「吸い込み入道」と呼ばれていた。いつ、誰が命名した。

＊テーパー度
広い間口から次第に狭い間口へ絞られていく円錐形の勾配・角度のこと。角度がゆるやかなほうが魚に違和感を与えにくいと考えられてきた。

たかはわからない。読んで字のごとく魚を吸い込む入り口の道が作られたワナ……入ったら出られなくなる*モンドリ・ビンドウの一種でおもに春の遡上のころの遊びである。市販品もあったが、ボクらはワイヤーと金網を材料に、ペンチを使って自作することに血道を上げていた。

太めのワイヤーで大まかなフレームを作り、蚊帳《かや》ほどの目の金網をかぶせていく。金網同士の接続は、ニクロム線より細くて柔らかいワイヤーでかがり縫い。根気のいる作業だが、さらに、魚を呼び込むテーパー部分が重要ポイントとなる。ティピーのようなフレームに、カットした金網を張りつけるのだが、美しい円錐形を出すのが難しい。大型のじょうごを押しあてながら、やはり極細のワイヤーでフレームと金網をかがっていくのである。辰夫の考えたテーパーのゆるやかな〝ラッパ〟は、じょうごよりも細長くなるため、傾斜が合わず作業は難航した。

こうして、ようやく作り上げた入道のなかに、寄せエサとして酒粕を入れる。メリケン粉でもいいが、より匂いの強い点で効果的だ。辰夫の父曰く、魚が酒精に酩酊《めいてい》してますます出られなくなるのも狙いらしい。これを、大きな川に注ぐ小川や水路に、入り口側を下流に向けて設置するわけだ。このとき丸いラッパの口をだ円状に湾曲させたり、左右を小石で埋めたりと、小川の底や両側との〝隙間〟をなくす工夫も大切である。つまり、遡上する魚を、ラッパの口の一点に集約させる演出

＊モンドリ・ビンドウ
ここで書かれるワナ「吸い込み入道」の一般的な呼称。市販されてもいるが、現在は、ペットボトルなどを使って自作できる。

だ。さらに、上にはカヤや枯草をかけて暗くすることで、魚の警戒心を解く。これは、また、他人に仕掛けを悟られないカモフラージュでもあった。

「酒粕は、いつもの2倍入れたしな。ほら、下流のほうはちょっとずつ溶けて白くなっとる」

夕刻。ロングテーパーの入道をセットして辰夫は得意気だ。小川の水はまだ冷たいが、確実に雪解け水の残る本流よりは温かい。溶けだした酒粕の臭味が、柔らかい水温と相まって小魚の遡上を誘う。本流に送り込まれる〝呼び水〟によって、毎年、入道の中味は小魚の塊と化していたのである。

ところが翌朝。ボクらは悲鳴をあげることになった。魚の取り出しは、ラッパと反対側の底から行う。ワイヤーで縫ってない金網の折り返しがあり、戻して〝袋〟を開ける。大きなタライに水を張り、ザックザックと振りながら落としていく。アブラハヤ、モロコ、グズ（ドンコ）、ドジョウ、シマドジョウ……漁獲は悪くないが、ほとんどが腹を食われて傷ついていたからだ。そして、金網の底には、なかなか踏んばって落ちてこない*アカハラ（イモリ）の集団がくねっていたのだった。

「上げるの、遅かったか？」

「いや。まだ7時やぞ。ドジョウだって、まだ窒息しとらんはずや（ドジョウは肺呼吸のため水から上げるのが遅いと窒息する）」

***アカハラ**
アカハライモリ、ニホンイモリの略称。イモリ科の両生類。

吸い込み入道には、ひとつ、大きな欠点があった。引き上げる時間が遅れると、魚を狙うイモリの襲撃を受けるのだった。ただ、それも、ひと網1～2匹のことで10匹を超えたのは初めてだ。婚姻期を迎えた彼らの鼻息が、大喰いの性分に拍車をかけたのか、毒々しいオレンジ色の腹はパンパンに張っていた。

「こりゃ失敗や。魚が入りやすけりゃアカハラもスポスポやった……」

ため息をついて、モロコの死骸をビニール袋に集めていたときだった。スーパーカブに乗ったKさんが、ボクらの脇に停まった。まだアカハラの入ったままの入道をじっと眺めている。

「そのアカハラ。ワシにくれんけ？」

彼は照れ笑いを浮かべて、おずおずときり出したが、こっちは呆然となる。これを「ほしい」といわれたのは初めてだったからだ。全部あげるよとさし出すと、彼は照れ笑いを続けながら米を入れる厚手のビニール袋の口を開け

た。なかには先客がいて、さらに、ア然となった。シマドジョウだ。

「こんなん、なにすんがぁ……」

尋ねても彼は笑うだけだ。イモリとシマドジョウ。彼が去ってからしばらく、ボクらは顔を見合わせていた。


「この、*ダラぶち。あんな変わりモンと話をしたらいかん」

辰夫の父にKさんとのことを告げると、とたんに機嫌が悪くなった。辰夫の父も相当な変わりモンだが、確かにKさんは周囲から異端の目で見られていた。家は集落の外れ、河岸段丘のヘリにある。僅かな庭には山積みになったポンコツのバイク、黒い養蜂の箱。近隣との人づきあいが悪く、どんな仕事をしているかも不明だった。時折、*スーパーカブで市内へ出て行く以外は、いつも家の庭にいる。もう四十になろうというのに嫁の話もなく、年老いた母親とふたりで暮らしていた。

「アカハラは黒焼きにでもするんやろ。でも、シマドジョウはなぁ……」

機嫌は悪かったが、辰夫の父もその処置には興味を示していた。

もともと、集落の吸い込み入道はドジョウ獲りから普及している。ドジョウは蒲焼で食べる知る人ぞ知る食材だ。明治維新のころに長崎から加賀藩に連れて来られた浦上《うらかみ》のキリシタンの人々から金沢に伝わったとされる。甘いタレとほろ苦さのコ

*ダラぶち
バカ、バカたれ、といった相手をたしなめるときに咄嗟（とっさ）に出る金沢の方言。

*スーパーカブ
一九五八年に本田技研工業が発売した、原動機付き自転車。

ントラストを楽しむ酒肴だが、主軸はマドジョウ、ホトケドジョウである。シマドジョウは、苦味が強すぎてマズイが定評で、せいぜいスナヤツメと同様、目に効くとかいう触れ込み。換金作物にはならないそうだ。

春休みに入ってから、ボクと辰夫はKさんの行動に気を配った。彼の入道は、とても発見しやすい。いくつか設置したもののすべてに、トタンの板をかぶせてあるからだ。まだ緑の芽吹く前の水路のヘリにトタンは目立っていた。そのうち、どうしても板を剝がしてみたくなった。

最初は眺めたら戻すつもりだったのが、入道のなかに白い布袋があるのを発見した。ええい、ままよと中身を開けると、タラの内臓のような魚のザンがドロリと入っていた。ヌチヌチとくねるドジョウは、紋柄に青い線を帯びたものばかり。シマを選んで狙うカギを知った満足感に加えて、妙なイタズラ心が湧き起こったのだった。シマドジョウをすべて放し、代わりにカワニナをつめて戻す。こんな悪業をたびたび繰り返し、首をかしげている彼を遠くから眺めてほくそ笑んだ。

彼の母親は目が悪かった。白内障《はくないしょう》を患っていた——その事実を知ったのは、ボクらが中学に入ってからである。視力の回復を願ってシマドジョウを専門的に獲ろうとしていた孝行息子。その効果のほどは不明である。でもイモリの黒焼きは功を奏したらしい。彼はその後、30近くも年の離れた奥さんをもらったからだ。

里山太平記外伝

大人になってのうちあけ話

その１

普遍の川時間　思索する川猿

川猿と呼ばれていた。小柄ですばしっこい。いつも川原にいる。ちょっと口が出ているから。顎と歯茎《はぐき》の発達した猿顔だから。おかげで犬にはよく吠えられた。木登りも好きで、土手の胡桃《くるみ》の木にもよく登った。

川猿は、幼いころ、いろんな年上と一緒にいた。ふたつ上、３つ上。近所から連れだった仲間、川原で出会って顔見知りになった仲間、年下をまとめる面倒見のよい年上はいた。遠足では列を乱すので先生に腕をつかまれていた川猿だが、年上には従っていた。

手摑みの要領、ザル網で草の下を探《さぐ》る手際、タモ網をかける位置。彼らについて、見て、仕方を真似した。コツをつかむと、踏んだ場数の積み重ねになっていった。とくに手摑みは重要だった。泳いでいる魚を見ながら触手を伸ばす行程ではない。教えられて覚える要領でもない。

物陰に潜んでいる魚を手さぐり、手ざわり、想像しながら暗中模索する、石の下や草の下の魚体を指の腹で確かめ、感触で位置や状態を確かめながら押さえ込んでいく。あわてず、あきらめずの一挙手を目上に見られての時間は緊張した。掌中にした魚を水の上に出したところの晴れがましさ。独りでつかんだ魚のときとはまた違う胸の高鳴りがあった。

年上たちは興が乗ると焚き火をしてくれた。石をいくつか囲むように並べて炉をつくる。河原脇の茅《かや》やススキの枯れた葉や茎を折って火をつけた。炎の芯材《しんざい》となる流木はいくらでもあった。魚のワタを取るのは鉛筆を削るカッターナイフだ。小枝の串を打たれたウグイやカマツカが炉端《ろばた》に並ぶのを車座になって見守った。

炎の前でみんな恍惚《こうこつ》の表情でいる。焼けた身を指でムシると、白い湯気があがった。小骨の多いウグイの身を口のなかで選り分けながら食べる。皮にはウグイ独特の臭味は残るが、身はクセがなくホクホクと美味《おい》しい。カマツカは皮も身も歯応えがあり魚そのものの味が濃い。口を動かす横顔は、みな揃えたような猿顔だった。

あるとき、年上がヨドミの石の下から大きなゴリをつかみ上げた。見事な兜部《かぶとぶ》とでっぷりしたお腹《なか》。丸い胸ビレをくわっと広げた手応えのあるゴリだった。地元では、カジカ、アユカケなどを

おしなべてゴリと呼んでいる。ドンコはグズと呼んでいた。間をおかず彼はこう口にした。

「これは戻してやろう、卵を守っている」

みな、おそるおそる、石の下へ手を入れた。教えられたとおり、石の真裏を指でなぞると、まるで、水中でザクロの身を触っている感じだった。プリプリと張りがあって譬えようのない凹凸感。魚の卵を直接触ったのは初めてだった。キュッキュと音がしそうなぐらい張っていた。

ゴリを流れに戻すと、手摑みでの遡行《そこう》を再開した。ほかの仲間たちも、引率されている同級生たちも、従うのは当たり前という雰囲気がある。静かにその場を離れた。

あのゴリは卵を守っている。

「いろたらダメや」

ありのまま、ほっとく。「いろたらダメなげぞ」母が時々口にする言葉である。年上からも、とても大切なことを教えられたような気がした。

しばらく、大きなゴリの石は、気になる目印になった。おるのはわかっている。まだおるだろうか。気にはなったが、やり過ごす暗黙の了解が心地良い。石の横は、おあずけを喰らった犬のように、つとめて素通りした。

ところが、その日は、ひとりで川に入っていた。いつものように、中腰になって川べりのエグレや川草の下をまさぐって進んでいた。あの石はどうだろうか、まだカジカはおるだろうか。いい知れぬ好奇心がもたげてきていた。誰も見ていない。つい、右手を石裏へ入れた。卵塊が触れる。そしてゴリの気配を感じた瞬間だった。小指にガツッという痛みが走った。あわてて手を引っ込めると、現れたカジカがすぽっと指から抜けた感じで後ろへ飛んでいった。小指には長い引っ掻き傷が幾筋かついた。嚙みついたのだ。血がにじみ出す。ゴリが反撃したのだ。

翌日、もう一度、ゴリの石へ行く。そのまま手摑みしたカジカをバケツに入れた。衝動が抑えきれない。魔法にかけられたよう。家に持ち帰った。思い返せば、なぜそんな行動に出たのか、わからない。嚙まれて、火がついたのか。そうではない。見事な体格のカジカへの想い。家で飼えないだろうか？　まるで子ネコを連れ帰るような気持ちでいたのか。しかし卵を守る親を持ち去ってしまう。わかってはいたが、ためてきた〝思いやり〟を飛ばしていた。

玄関に入れたバケツのゴリを見て、父も母もいい顔はしなかった。「川に戻してこい」といわれたのは憶《おぼ》えている。移し替えた止水のタライのなかで、ゴリは生きられない。体験から、もうわかっている年齢にきていた。捕まえた甲虫をしばらく飼って森に返す、というわけにいかないのが、流水で暮らす魚との関係だった。

案の定、翌朝、ゴリは腹を上にしていた。動かないエラ。固くなっていた。母と手を合わせて裏庭のバラの木の根元に埋めた。ひどいことをした。なぜ持ち帰った？　その、なぜの気持ちを、いまも詳細に分析できないでいる。幼い記憶。

年上たちの教え、仲間とのルールを破った後ろめたさ。死なせてしまった現実。わかり切っていたことでありながらの後悔。そして、あの卵はどうなっただろう。子供は無事に孵化《ふか》して泳ぎ出ただろうか。いまでも、眠れなくなる夜がある。

よりによって、釣りの嫌いな父に！

歳月が流れた小学4年生の春。ひとまわり上の姉が結婚した。相手は岐阜県郡上《ぐじょう》の生まれ。うんと年上の兄になってくれた人から、竿の穂先を買ってもらった。グラス樹脂でできていて、切り出した竹の先に差し入れる。竹の手元をブルブル振ると穂先もブルブルと連動した。これまでにない感度と、エサを食む魚に違和感を与えない繊細さが期待された。あまりの嬉しさに、父を強引に川へ誘い出した。

父は、乗り気でない。釣りが好きでないからだ。人類を、釣りをする人としない人に大別するなら、明らかに後者。生来の病弱で、戦中戦後と紆余曲折《うよきょくせつ》を経て生き延びたと聞いてきた。ボクが生まれたのは43歳のとき、老いてできた長男だった。釣りは、針に掛かった魚がこっちを恨めしく見るのだという。遊びで生き物を傷つける行為が性に合わないと、いつも口にしていた。それでも伴ってくれたのは、娘の夫の好意に報いる気持ちだったろう。掘ったミミズと練った小麦粉を持って、普段あまり行かない上流まで歩いた。父が一緒なので勢いづいていた。

ビシッと動いた玉ウキがキューンと水中へ消しこまれる。日頃、ひと気《け》の少ない淵のウグイたちは釣り針を知らなかった。ところが、まるでタイミングの合わない父。空振りを繰り返した。まるめてつけた小麦粉はかすめとられるばかり。針に縫いざしで通したミミズは針先の下だけがなくなる。好きでもないことは時間を経ても要領の習得に至らない。

こんな具合なら……と、ウキを取り外す。ウキの動きを見てのぎこちない反応ではらちがあかない。フカセ釣りの状態、魚のアタリが手元に直接伝わりやすい〝脈釣り〟のほうがいいだろうというこちらの思惑だった。これが急転直下の展開となる。

穂先からいきなり引き込まれたのだ。川原を右往左往する父。へっぴり腰のまま、なんとか竿を立てて、振り回されるようにオロオロする。それでもなんとか、水際の小石の上まで魚を引きずりあげたのだ。絶句。人間、驚愕《きょうがく》すると言葉を発せられなくなるのは本当だ。無我夢中。

バサッバサッとのたうつ大きなウグイ、30cmを軽く超えてオレンジの婚姻色《こんいんしょく》が黒味を帯びた魚体に走る。父に大物がきた。やったやったと小躍りしたのもつかの間、困ったことに気がついた。

針を呑み込んでいたのだ。ノドのずっと奥のほうまで。口を大きく開いても針のチモト（針と糸を結ぶ部分）は見えなかった。繊細な穂先がヘボ釣り師をアシストし、災いを呼び込んだ。

浅瀬にウグイを浸けてふたりがかり。針ハズシの小道具を持ち合わせず、枯れた茅の茎をその代用に口から差し入れて、押したりひねったり。しかし頑として外れない針。弱り切った父の横顔と、だんだん動きがなくなってくるウグイの体。迷わず針を呑んでしまったウグイの無垢《く》な瞳に辛くなった。もう戻せない。憔悴《しょうすい》して、肩を落とした父。

ウグイの目はなみだ

よりによって、こんな父に、こんなことが。誘ったボクの「馬鹿野郎」だ。自分に厳しい罰を与えたいぐらいの、泣きたい気持ち。

石を積んでお墓をつくろうとなった。夕暮れにさしかかっていた。なぜか、持ち帰って食べようとはならなかった。ススキの株の横の石をどかして土を掘り、ウグイを埋める。土をかけて、父と並んで手を合わせた。ウグイの独特な臭いを嗅ぐと、日の落ちた春の河原を思い出す。

俄《にわ》か考古学者になる

「アルバイト、まだ募集しているよ」

中学の同級生から声をかけてもらう。二十歳《はたち》の夏だった。大学が休みになり、バイクで帰省した。3日もいたら時間を持て余すのが実家での常套《じょうとう》である。そこを誘われた。川筋で縄文《じょうもん》時代の遺跡が見つかり、発掘調査の手伝いという。なんか面白そうだ。バイクで指定の場所へ向かうと、〝あっ、ここは!〟となった。

すぐ下が父と〝ウグイの墓〟をつくった河原だった。現場は河岸段丘の川からやや高くなった平地にある。草がすっかり刈りとられて、建築を開始する造成地のように見えた。約5000年前にここに家が数件あった。といわれて不思議な気持ちになった。20数名の学生バイトが集まっていた。指導者から竪穴式《たてあなしき》住居の簡単な構造と手順を聞いたのち、見よう見まねで軍手をはめての手掘り、硬い地質にはショベルや熊手を使った。時々バケツに汲んだ水をかけながら、土や泥を縁取るようにこそぎ取っていく。しゃがみこんで根気よくの作業が基本だった。

数日もすると作業に慣れた。あちこち筋肉痛になり、疲労はたまる。照る太陽と蟬時雨のなかで、呆然となりながら手足を動かした。

「土器が出ました！」なんてことになると色めき立つ空気、専門知識のある学部生（理工学部が多かった）は測量の手はずに入る。写真を撮り、メジャーをあてる。抱えたガバンの上へイラストや克明なデータを書き入れていた。一方の、自分のようなド新人かつ帰省組の〝雑文学部好事科《こうずか》〟は肉体労働のスペシャリティだ。

ペンの代わりにハンマーを！　とばかりに最前線部隊として突撃する。土器をできるだけ形あるまま取り出す方策として、まわりの掘削《くっさく》に鍬《くわ》などを持ち出す。「阿部ちゃん、よろしく」と声がかかると大石だ。ウンウンうなりながらなんとか掘り起こして、河原まで転がしていった。

河岸から山の傾斜にかかる場所には粘り気の出る黄色がかった岩塊《がんかい》があった。河原にある花崗岩《こうがん》の肌ではない。乾いているとざらりと粉粒が指につく。粘土の地質が原始の人の暮らしに活用されたことは推察できた。割って水で溶けば、いろんな形に加工できるのかもしれない。炉で焼いていろんな器をつくったのだろうか。想像するのは楽しいけれど、炎天下でさえなければ。次第に朦朧《もうろう》としてくる時間がある。

我にかえることができるのが、〝休憩〟のひと声だった。即座に、服のまま川に入った。行《ぎょう》水《ずい》の至福。グーンと淵へ潜り込んで頭を冷やした。えぐれた水中の横壁からウグイを手掴みする。戻って浅瀬の石を並べて作った囲みに入れた。仲間たちは目を丸くしている。気持ちいいからやれ！　と何度も誘うが、みんな尻込みする。同じ年頃の女子学生がいるので恥ずかしがっていたのだろう。バイトに誘った同級生も呆《あき》れていた。濡れた服は、やがて作業に戻り体を動かす過程で乾いてくる。シャツやズボンがパリパリッとしてくるのは気持ちいいものだ。日差しを浴びるうちにまた朦朧としてきたところで再び休憩。泳ぐ。冷却。魚を触る。ひと息をつける。何度も繰り返すうちにふと思った。

ここは魚が寄りやすい。低木が覆う淵のへりや日の当たる浅瀬の川岸の草たち、少し上流には湧水があった。崖を滴り落ちている山水もある。流れの起伏やテンポが魚の暮らしやすい条件を持っている。釣りの用語で、「川相がいい」というやつだ。魚がいれば、小動物たちも集まるだろう。おしなべて生き物が暮らしやすい。そこを人間が見つけた。なんてラッキーな原始の家族だろう。これはよほどの天変地異でもない限り変わらないものではないか。俄か考古学者だった。5000年前なんて、ほんのまばたきか。

父とつくったウグイの墓を探してみた。

見つからなかった。

もし何かの弾みで発見でもされたら後世の人はどう推察するだろうか。石を積み上げた塚の正体は？　想像して独りほくそ笑んだ。

その2

カワウソ物語　彼はきっと見ている

今日カワウソに遇《あ》った。そう思うことが増えた。いつものように辰夫と川べりに行く。ウグイを手摑みする。獲った魚を急ごしらえで作った石並べのイケスに入れる。スッと手から魚を水へ離したとき、ふと目があった。

目、真っ黒く、碁石のような目を持つ動物。そいつは、おっと、ボクから目を離さない。じっと見ていた。〝よく獲れるねえ、お前さん〟そんな風にいわれた気がした。ボクがそのあと、イケスの魚を気にしていると辰夫は首を横に振った。

「カワウソは人の獲った魚に手は出さん」

こうも付け加えた。

「アイツは気にしとるがや。魚でなくてオレらの動きを」

よろず屋を営むオヤジの受け売りもある。なんでもカワウソはプライドが高い。魚を獲る技量で、お互いの縄張りを認識するという。獺祭《だっさい》と呼ばれる獲った魚を並べる習性は、その示威行為。よって相手の獲物には手を出さぬ「カワウソ誇り高き」なのである。

「むしろ魚をくれたりしたな」と笑っていた手摑み名人の辰夫である。

一方で、よろず屋へ来る客には根っからの用心深さを強調する人もいた。自分で獲ったものしか口にしない。それは腹を壊したり、ワナなどを恐れる警戒心だという。カワウソは毛皮目的でたくさん獲られてきた。人間の所有したものに手を出すことでの危険を知っている。人間が教えてきた負の学習だという。よろず屋には店主の趣向もあって、県外からもいろんな目的の男たちが立ち寄っていた。山歩き、山菜採り、キノコ採集、釣り、猟師、鳥獣虫魚をめぐる談義に興味津々《きょうみしんしん》でいた。

自身のアユ釣りのこだわりを、カワウソの理由に話す人もいた。加賀のアユ釣りは毛鉤釣《けばりづ》りが主役である。オトリアユは使わない。「囮《おとり》」を使うは加賀百万石の武士道に反するから。加えて、針を打たれたオトリアユと掛け針をつけた仕掛けに、まれにだがカワウソが絡むことがあるという。カワウソが気の毒だ。だから毛鉤釣りなのだという。アユもカワウソも相当量がいた時代の出来事だろう。釣り師特有の独善がほとばしる話である。でも魚体を直接刺すという掛け針での釣り方に、抵抗感を持つ者は耳を傾けていた。

「ヤマネコは魚を盗っていくのよ、あっという間に。カワウソは見てるだけだった」

川と暮らす小動物に、一家言《いっかげん》ある人がもっと身近にいた。母である。大正の終わりに中国の旅順《りょじゅん》で生まれた母は、女学校へ入るまで軍人だった父（ボクには祖父）の赴任先で育った。なかでも対馬《つしま》の暮らしはよほど楽しかったようで、虫捕り、魚獲り、泳いだり潜ったり。山と川と海をめぐる思い出は、晩年寝たきりになっても口にしていた。

たとえば非番の祖父のお供で蚊取り線香の煙をうちわで送っていた夜釣り。桶《おけ》にいれた獲物を暗闇に乗じてヤマネコがかすめていくのだという。ただそちらに気を取られていると「ミツコ、痒《かゆ》いぞ」と祖父から催促がくる。言葉の少ない近寄り難かった父親との数少ないコミュニケーションの記憶だという。また住んでいた厳原《いづはら》という街は一年を通じて暖かく、雪も少ない。2月の川に地元のガキ大将たちと入ってザルで雑魚《ざこ》やエビを獲った。夢中になってたびた び服を濡らして母親に叱られたとか。

そこでは昼間からカワウソが出てきた。川幅のない渓流がそのまま海に注ぐような場所だという。低木の葉が覆いかぶさり薄暗い。カワウソは対岸の奥の茂みからこちらを窺うように見ていた。長い胴体と尻尾が行ったり来たり。ここでも獲物を持っていかれた記憶はないという。ザルを使って魚を獲る少女の動きだけを注視していたのだろうか。昭和のはじめの対馬である。

「いざ危険を感じたら、自分の得意なほうへ逃げ込むの。ヤマネコは山へ逃げるし、カワウソは川へ潜ってしまう」

こんな話を聞いていたのが小学校6年生ぐらいのころ。中学校にあがっても、ボクは魚獲りや川泳ぎを続けた。やめられない手摑みは。地元の川ではノウサギはまだ多かった。タヌキもよく見かけた。いずれも臆病《おくびょう》と好奇心がないまぜの性格で、人のいる水際のかなりギリギリまで近づいてくる。やがて野良ネコやシラサギ、アオサギが増えてきて、水辺でよく威勢のいいケンカをした。長い胴と尻尾をもつ短足の小動物も時々だが見かけた。イタチやテンはカワウソと似た者同士。ムジナ兄弟だと思っていたので、あまり意識しないでいたというべきか。いつまでも何処《どこ》かにはおるだろうぐらいの気持ちでいた。

サイコーの異種格闘技戦

21世紀も20年が過ぎた9月末。四国の川遊びでのこと。

土手に停めたクルマで体を拭いていると頭上が騒がしい。なにごとかと思えばサル、それも40、50、という途方もない数のサルたちが傍らの電柱を伝って古びた納屋のトタン屋

根に上っていた。嬉々とした声をあげている。納屋の横は家屋と畑、サツマイモ畑だったと思うが、1頭の洋犬（あとで「ブルテリア」と調べた）と数頭のイノシシが追いかけっこをしていた。遊んでいるようにも見えたが、明らかに作物をめぐっての攻防戦のまっ只中だった。

イノシシたちはまだ若く、栗色《くりいろ》でツヤツヤした光沢がある。取り囲まれた洋犬は毛並に相応の年齢が感じられて、しかも多勢《たぜい》を相手して、番犬としての限界性能が見てとれた。

あわてて車中に避難。事の次第を見届けようと固唾《かたず》を呑んでいると、洋犬はいったん闘いを中断して、閉めたドアの横まで走り来るではないか。息を切らせていた。「オッサン、どうにもならんので助太刀《すけだち》を願いたい」と吠えてくる。顔がそういっていた。ええっ？　こちらは怖くて、とてもドアなぞ開けられない。両手を合わせてオロオロしていたら、「あ、このオッサンはアカン」と悟ったのだろう。あきらめて闘いに戻っていった。

すまんワンちゃん。でもせめて、これぐらいはしてやらねばと機転を利かし、クラクションを数回鳴らしてやった。ようやくイノシシたちも場を読んだのか、2頭、3頭に割れて、林床の影へと立ち去ってくれた。

ホッとひと息……もつかの間、攻防劇を野次馬していたサルたちだ。嬉々とした声が変わったのである。上った電柱を伝え降りながら、なんだよ～、邪魔するなよ～といっているようだ。ピンクの歯茎を剝き出しにして金返せとばかりにわめく奴もいた。これはこれで怖いので、引き続きクルマから出られない中高年になった川猿。サルたちからすれば、こりゃ見ものだとでも思って集まったのだろうか。それとも闘いのドサクサにまぎれてのサツマイモを失敬、漁夫の利を狙っていたやも知れぬ。せっかくのバトルに水をさす邪魔者へのブーイングは明らかだった。ちょうどそのときである。サル軍団とは逆の方向、土手の傾斜を水辺へ向かって斜めに下っていくふたつの影を見逃さなかった。

あああ、と思わず声なき声をあげてしまう。胴が長くて尻尾も長く足が短い。耳が小さい。毛は褐色《かっしょく》でまだらだった。腹は白く見えた。これは確か、あの、あいつではないのか。ほんの一瞬で斜め後ろからの角度でしかない。遠目だった悔しさばかりつのる。でも、あああ、ああ、のままでいた。しばらく土手の下の水際を歩いてみたりした。

帰りの「道の駅」で、旧知の釣り師とばったり会った。SUPで川と海の交わる汽水域の釣りにこだわっている。年の半分はクルマに幕営《ばくえい》してあちこち回っていた。カワウソらしき2頭の話をしたら、ソク乗って来た。四国で川遊びをする者には共通した憧憬《しょうけい》や想いがある。それは源流から汽水域の河口まで全川全域のものだ。彼はとりわけ、犬対イノシシ、そこへ大勢の観客サルという顚末にとても興味を持った。

彼が、中土佐《なかとさ》の古老から聞いた話を交えて――。

昔、カワウソがたくさんいたころは、川沿いの動物騒ぎは、カワウソが主役だったという。カワウソは同族同士のケンカは珍しいが、いざ戦ったときの激しさ。本気度。獲った魚を並べての獺祭など、競い合う熱い闘魂の持ち主という。また好奇心旺盛で、活発に他の動物の特殊な行動やケンカに駆けつける性分を持ち合わせる。彼によれば、「それがもしカワウソなら、まずアンタ（つまりボク）を見ていたのでは」といった。いくら四国でも9月の終わりになって川で泳ぐ人は少ない。珍妙なオッサンを見ていたつもりが、突然、イノシシと犬の戦いが開始された。すかさずサルが軍団で押し寄せた。サイコーの異種格闘技戦だ。カワウソも燃えたに違いない。獺祭どころではない。喝采《かっさい》。快哉を叫ぶ！

「そこをアンタが水を差した。そりゃ、みんな怒るわ」

えっ結局、ボクが悪いのか？　犬は助かったぞ。

そこから問題は、犬の飼い主の体具合に差し代わった。犬が吠える騒ぎであれば、畑前の家から出てくるのが普通だが、留守だったのか起き上がれないのか？

「不思議だと思ったらひと声かけるべきでしたね。おそらく犬も落胆したでしょう」

20歳は若い旧知の釣り師から、みっちりたしなめられる始末。少子高齢化する村落の実情を鑑《かんが》みる機会にもなった。

でも彼のおかげで確信した。そうか、カワウソは駆けつけるのだ。見ていたのだな。あの目で。真っ黒な、黒い碁石のような目で。以来、毎年できるだけ遅くまで泳いでいようとしている。田畑で起こる動物のケンカには、真っ先に駆けつけようと。川猿、まっしぐら。ヤマネコにも負けないのだ。

♫いつものように〜
喝采？
獺祭？

あとがき　野に遊べ、子供たち!!

本稿を月刊誌『BE-PAL』（小学館）に連載させていただいたのは1997年4月号から1998年10月号である。地下鉄サリン事件や阪神淡路大震災といった驚天動地の出来事が起きた20世紀の末、帰省した家の裏山にも大きな変動があった。クヌギの木の茂る傾斜の向こうに市街から国立大学が移転したのだ。

「ちょっと見てきてみ」

母がいうので低木をかき分けて登っていったら、稜線の向こう側は足元からガバッとえぐられていた。瀟洒《しょうしゃ》なキャンパスタウンが展開されている。かつて父と晩秋に柿を買いに出かけた茅葺屋根《かやぶきやね》の集落はどこにもない。新築の屋根がかなり離れた高台に移築されていた。

故郷は非戦災都市である。県庁所在地では、他に京都市や松江市ぐらいでなかろうか。変わらない城下町の佇《たたず》まいが最大のウリである街が、虎の子だった城内の大学を移してしまった。その移転先が家の裏山を半分削りとった新開地という現実がたまらなくショックだった。

世の中は、なにが起きるか解《わか》らない。とこしえと思っていた光景が突然消失されてしまう。無常と無情。普遍などないのだ。もちろん、それは住民の感傷であり、〝世の習い〟

というべきかもしれないけれど、ここは、記憶の彼方へ忘れ去らぬうちに書き留めておこう。ちょうど子供が生まれたことでもあり、青臭い使命感みたいなものも持ち上がって、事実に少々の（かなりの？）脚色を加えて書いてみた。

紋別《もんべつ》にあった大学の美術学部を出て南河内の大阪芸大で修行していた高橋トモさん（現渡辺トモコさん）が挿絵版画で力を貸してくれた。彼女の父は、生地の置賜郡《おきたまぐん》（山形）のライフスタイルを埼玉にそのまま持ち込んだ男だった。綾瀬川でとった鯉を風呂で泥を吐かせて毎日のように食べさせられたという。住宅地の貸家は現状復帰の難しいマタギの作業小屋の風体に。野趣に富んだ原体験が培った一画一刀が里山の一瞬一景を掘り抜いてくれた。

引き合わせてくださったのが当時の担当編集の小坂眞吾さん。白山麓、白川郷《しらかわごう》がふるさとである小坂氏は、そのあと、名古屋の近郊に移って成長した。河口堰《かこうぜき》が装着される以前の長良川河口でカレイやマダカを釣った投げ釣り少年だった。いわば、白山を軸に、富山湾と伊勢湾へ流れる南北双方の川筋の匂いと気質に通じた稀有《けう》なバックボーンの持ち主。

二人の圧倒的なクリエイティビリティに支えられたが、連載は2年もたなかった。あれから25年。長く、まわりからは、あの版画だけはもったいない、版画を埋もれさせては人生の禍根、編集の方も浮かばれまいといわれ続けてきた。力を貸してくれたのは、渡辺トモコさんに惚れ込む漫画愛好家の女性である。彼女に背中を強く押されてようやく小学館スクウェアの門戸を叩いた。
一冊にまとめるにあたり、微に入り細に入り、ご尽力いただいた編集の細山田正人さん、ほかにも多くの皆さまの賛助をいただいた。厚く御礼申し上げます。
東日本大震災、ともなう原子力発電所の爆発事故、コロナ禍……思いもよらぬ災厄は引きを切らず、これも世の習いなのかはわからない。泳げる川があること、投げ竿を振る浜辺のあること、徘徊できる森があること。オッサンの、せめてもの、ささやかな請い願うところといたしまして。

二〇二三年五月吉日

阿部正人

〈Special Thanks〉

上田正三　宮本　晃
吉野晁生　武井千会子
内ヶ島光雄　藍野裕之
佐久間博　斎藤正佳
加藤直人　いしいまさこ

阿部正人（あべ まさと）

1962年石川県金沢市生まれ。九州は長崎育ち。川遊び、海遊び、投げ釣り、鉄道旅、バイク、旧式パチンコ台吟味と多彩な趣味とわずかな実益を兼ねる編集者、ライター。シュノーケルで川と海の連続水域を水中散歩する「汽水域漂遊会」主宰。1988年から『Fishing』に連載を始めて人気を得、その後、『BE-PAL』『堤防・磯・投げ つり情報』他に投げ釣り紀行を連載した。

主な著書
『初めての釣りで いきなり堤防釣り名人』（小学館・SJ MOOK）2008
『投げ釣りJAPAN』（エンターブレイン・MOOK）2010
『投げ釣り列島縦断』（メディアボーイ・MOOK）2014

共著
『パチンコ名機コレクション』（グリーンアロー出版社）2000

渡辺トモコ（わたなべ ともこ）

1970年埼玉生まれ。版画家・イラストレーター。道都大学美術学部にて木版画技術を学ぶ。大阪芸術大学木版画研究室にて、木版画師一圓達夫（いちえんたつお）のもとで副手を務めたのち、関東に移り制作活動を続ける。木版画、銅版画の伝統手法を踏襲しつつも独自の世界観を表現する、流行に影響されない一貫したスタイルは、常に一定の評価を集める。

作品制作、ギャラリーでの発表の傍ら、小学館の刊行物、モンベル社Tシャツ、山名酒造ボトルラベル、ウイスキー文化研究所グッズ等にてイラストレーションを担当する。現在、兵庫県丹波市の古民家に住み、自身の作品や、地域の農産物加工品、地酒や地ビールのパッケージ、寺社御朱印版などの制作活動をゆったり行っている。

なお、『BE-PAL』連載時には、旧姓・高橋トモで活動していた。

里山太平記 川猿が遊び尽くした クヌギ林の5000日

2023年5月15日　初版第1刷発行

著　　者　阿部 正人

版　　画　渡辺 トモコ

デザイン　ヴィレッジ

発　　行　小学館スクウェア
〒101-0051
東京都千代田区神田神保町2-19　神保町SFⅡ 7F
Tel：03-5226-5781　Fax：03-5226-3510

印刷・製本　中央精版印刷株式会社

Printed in Japan　ISBN978-4-7979-8858-1